473

GUILLOTIN

ET

LA GUILLOTINE

PAR ACHILLE CHEREAU

DOCTEUR EN MÉDECINE, ETC.

SOMMAIRE

Prix : 1 Fr. 50

PARIS

AUX BUREAUX DE L'UNION MÉDICALE

11, RUE DE LA GRANGE-BATELIÈRE

ET CHEZ L'AUTEUR, 45, RUE DU ROCHER

1870

Mr. H. Bordet

chef des Bureaux

Académie de médecine

GUILLOTIN

ET

LA GUILLOTINE

PAR ACHILLE CHEREAU

DOCTEUR EN MÉDECINE, ETC.

SOMMAIRE:

I. Les six articles de Guillotin. — II. La peine de mort est maintenue dans nos Codes. — III. Le « simple mécanisme » de Guillotin. — IV. Construction de la machine à décapiter ; expériences faites à Bicêtre ; première application sur l'homme. — V. La guillotine. — VI. Comme quoi, pourtant, la guillotine n'a été inventée ni par Guillotin, ni par Louis, ni par Schmidt. — VII. Joseph-Ignace Guillotin. — VIII. Les crimes de la guillotine. — IX. Où il s'agit de savoir si un guillotiné, après que la tête a été séparée du tronc, sait qu'il a été guillotiné. — X. A bas la guillotine !

—

Prix : 1 Fr. 50

PARIS

AUX BUREAUX DE L'UNION MÉDICALE

11, RUE DE LA GRANGE-BATELIÈRE

ET CHEZ L'AUTEUR, 45, RUE DU ROCHER

—

1870

AVANT-PROPOS

Au moment où la peine de mort tend, tous les jours, à disparaitre du code des nations civilisées ; où la guillotine, en France, comme honteuse d'elle-même, fuit le grand jour et glisse vers les ténèbres des prisons, le temps parait venu d'esquisser à grands traits la biographie de la mégère. Les pages qu'on va lire ont été écrites, il y a bien près de dix ans, sur des documents, les uns complétement inédits, les autres peu consultés. Ceci est de « l'histoire vraie, » car jamais nous n'avons avancé un fait qui n'ait sa preuve à l'appui. On assistera, non sans un intérêt réel, à l'enfantement laborieux de cette inconsciente esclave d une loi inutile, aux pas incertains et vacillants de son enfance, aux actes délirants de son âge mur. La voici arrivée aujourd'hui à l'âge de décrépitude : Dieu veuille qu'elle ne se remette pas des coups qu'elle a reçus!... Il est un homme de bien, un vrai philosophe, dont le nom, qui devrait être un symbole de bonté et de cœur, s'est trouvé fatalement accouplé à un instrument de sang et de vengeance. La mémoire de Guillotin est réhabilitée depuis longtemps ; nous ne serons ici qu'un écho des louanges qu'il a si justement méritées.

Dr A. Chereau.

Mai 1870.

GUILLOTIN

ET LA GUILLOTINE

LES SIX ARTICLES DE GUILLOTIN.

Dans la séance du 9 octobre 1789, l'Assemblée nationale, après avoir, en matière civile, renversé les anciennes juridictions, ordinaires et extraordinaires, territoriales et extraordinaires, et après avoir érigé en principe que la justice devait être fondée, non pas sur l'histoire, mais sur la théorie, non sur le bon vouloir des seigneurs et de la royauté, mais sur la souveraineté nationale, ouvrit la discussion sur la réforme de la jurisprudence criminelle proposée par son Comité des sept.

Elle décréta alors l'établissement de deux jurys, l'un d'information, l'autre de jugement ; elle voulut que les interrogatoires fussent faits dans les vingt-quatre heures ; elle abolit l'usage de la sellette, la question dans tous les cas ; elle déclara que les condamnations à mort par les juges en dernier ressort ne pourraient être prononcées qu'aux quatre cinquièmes des voix (1).

Mais, tout en maintenant dans nos codes la peine de mort, l'Assemblée nationale se taisait sur son mode d'exécution, sur le préjugé qui faisait rejaillir sur la famille le crime d'un de ses membres, et sur la nécessité d'une égalité de la peine, quels que fussent le rang et l'état des coupables.

Un député se trouva qui prit en main la défense de ces principes, et qui montra assez de courage, d'énergie et de talent, de zèle et de conviction, pour les faire adopter par les représentants de la France en voie de régénération.

Ce député se nommait Joseph-Ignace GUILLOTIN.

Avant de dire ce qu'il fut, voyons-le à l'œuvre dans l'élaboration de la pensée philanthropique qui le dominait.

Le 10 octobre 1789, Guillotin montait à la tribune, lisait six articles qu'il avait rédigés, et qui étaient comme le complément des profondes et essentielles modifications apportées à la jurisprudence criminelle (2).

(1) *Moniteur.*
(2) *Moniteur*, n° 70, du 9 au 10 octobre 1789.

Mais la discussion de ces propositions était ajournée, et leur auteur les renouvelait le 1ᵉʳ décembre suivant, cette fois en les appuyant d'un long et important discours sur la matière. Pourtant un seul de ces six articles, le premier, était ce jour-là adopté, et Guillotin dut attendre jusqu'au 21 janvier 1790 pour soulever de nouveau la discussion au sein de l'Assemblée, et pour faire adopter quatre de ses six articles.

J'ai retrouvé aux Archives (1) la minute même de la rédaction définitive des articles décrétés le 10 octobre 1789 et le 21 janvier 1790. La voici signée de la main du digne député :

« L'Assemblée nationale a décrété et décrète ce qui suit :

« ARTICLE I. — Les délits du même genre seront punis par le même genre de peine, quels que soient le rang et l'état des coupables.

« ART. II. — Les délits et les crimes étant personnels, le supplice d'un coupable et les condamnations infamantes quelconques n'impriment aucune flétrissure à sa famille. L'honneur de ceux qui lui appartiennent n'est nullement entaché, et tous continueront d'être admissibles à toutes sortes de professions, d'emplois, et de dignités.

« ART. III. — Les confiscations des biens des condamnés ne pourront jamais être prononcées en aucun cas.

« ART. IV. — Le corps du supplicié sera délivré à sa famille si elle le demande. Dans tous les cas, il sera admis à la sépulture ordinaire, et il ne sera fait sur le registre aucune mention du genre de mort.

« Arrête, en outre, que les quatre articles ci-dessus seront présentés incessamment à la sanction royale, pour être envoyés aux tribunaux, corps administratifs et municipalités, etc.

« Jeudi soir, 21 janvier 1790.

                                                            « GUILLOTIN. »

Articles qui n'ont pas été mis en délibération le 21 janvier 1790, et dont la discussion a été ajournée ;

ART. V. — *Nul ne pourra reprocher à un citoyen le supplice ni les condamnations infamantes quelconques d'un de ses parents. Celui qui osera le faire sera réprimandé par le juge. La sentence qui interviendra sera affichée à la porte du délinquant. De plus, elle sera et demeurera affichée au pilori pendant trois mois.*

ART. VI. — *Dans tous les cas où la loi prononcera la peine de mort contre un accusé, le supplice sera le même, quelle que soit la nature du délit dont il se sera rendu coupable. Le criminel sera décapité ;* IL LE SERA PAR L'EFFET D'UN SIMPLE MÉCANISME.

J'entends le lecteur me demander le discours que Guillotin prononça le 1ᵉʳ décembre 1789, discours qui provoqua des applaudissements enthousiastes. Ce discours, disons-le avec un profond regret, semble être perdu pour la postérité. Du moins, les nombreuses recherches auxquelles nous nous sommes livré à cet égard n'ont eu aucun résultat. Ni le *Moniteur*, ni aucun des autres journaux politiques de l'époque que nous avons consultés, ne l'ont inséré

(1) C. S. 1, carton 33, dossier 303.

dans leurs colonnes ; et les Archives nationales, qui possèdent pourtant les minutes des délibérations de nos assemblées législatives, n'ont pas mieux répondu à notre appel.

Un seul recueil, le *Journal des Etats généraux*, rédigé par Lehodey de Saultchevreuil, en
a donné une analyse plus ou moins complète, assaisonnée de quelques réflexions, et le lecteur
sera bien obligé de se contenter, avec nous, de ce pâle reflet de l'œuvre de Guillotin.

« *Assemblée nationale ; séance du 1ᵉʳ décembre* 1789 : Deux orateurs se sont emparés de la
« tribune, M. Guillotin et un autre : celui-ci pour faire part d'un don patriotique très-inté-
« ressant ; l'autre pour faire part à l'Assemblée de son travail sur le Code pénal. Après quel-
« ques débats et de tumulte dans l'Assemblée, M. Guillotin est resté maître du champ de
« bataille.

« Il a recordé à l'Assemblée ses décrets sur les droits de l'homme ; et, par une transition
« rapide et heureuse, il est passé sur la nécessité de la réformation du Code pénal. Il a peint
« les circonstances où se trouvent des familles vertueuses dont les membres attendent dans
« les prisons leur jugement... « La loi, a-t-il dit, soit qu'elle punisse, soit qu'elle protège,
« doit être égale pour tous les citoyens, sans aucune exception. » Conformément à la vérité de
« ce principe, il a proposé l'article suivant :

Article constitutionnel du Code pénal.

Art. I. — Les délits du même genre seront punis du même genre de supplice,
quels que soient le rang et l'état du coupable.

« Faisant ensuite une peinture aussi pittoresque que sensible des supplices effrayants qui
« se sont perpétués jusque dans le siècle de l'humanité : les gibets, les roues, les échafauds,
« les bûchers, supplices barbares imaginés par la barbare féodalité, il a conclu à ce qu'il n'y
« eût plus désormais qu'un seul supplice du même genre pour tous les crimes. Quel que soit
« un coupable, il est assez puni par la mort, et la société est assez vengée en le vomissant
« de son sein. Il a proposé l'article suivant :

*Dans tous les cas où la loi prononcera la peine de mort contre un accusé, le
supplice sera le même, quelle que soit la nature du délit dont il se sera rendu coupable (décapitation), et l'exécution se fera par l'effet d'un simple mécanisme.*

« Ici, M. Guillotin s'est appesanti sur les supplices qui mettent l'humanité au-dessous de
« la bête féroce : les tenaillements, etc. Je les passe sous silence. Il serait à souhaiter qu'on
« en oubliât bientôt jusqu'au nom. Il a décrit l'horreur qu'inspirent ces êtres connus sous le
« nom de bourreaux. Pénétré des mêmes sentiments, j'ai eu peine à comprendre qu'il y ait
« jamais existé des législateurs assez barbares pour cimenter un Code criminel tel que
« le nôtre. Il semble, en effet, qu'on veut user de représailles, disons mieux, enchérir sur la
« cruauté d'un barbare ; mais ce qui a surtout surmonté mon imagination, c'est qu'il y ait
« eu des êtres capables de déshonorer l'homme jusqu'au point de tremper leurs mains de
« sang-froid dans le sang de leurs semblables, pour obéir. M. Guillotin *a fait la description*
« *de la mécanique* ; je ne le suivrai pas dans ses détails ; pour en peindre l'effet, il a oublié
« un instant qu'il était législateur, pour dire en orateur : « La mécanique tombe comme la
« foudre ; la tête vole ; le sang jaillit ; l'homme n'est plus. » Ce n'est pas dans un Code pénal

8

« que de pareils morceaux sont permis. Les *veni*, *vidi*, *vici* de César, si expressifs, si élo-
« quents, ne plairaient plus s'il les avait prononcés en pareille circonstance.

« . . . .

« Les législateurs du dix-huitième siècle sont tous portés à adoucir le Code pénal ; mais
« quelques-uns ont paru révoltés qu'il n'y eût aucune nuance ni différence entre le supplice d'un
« parricide, d'un régicide et d'un homicide. L'abbé Maury, Target et une infinité d'autres
« membres ont demandé l'ajournement de ces questions pour pouvoir se décider avec con-
« naissace de cause. On a fait droit sur leurs réclamations, et la séance s'est levée (1). »

Tel fut l'enthousiasme avec tequel l'Assemblée nationale reçut la communication de Guillotin que, vivement émue, elle demanda à délibérer sur-le-champ, et que, séance tenante, elle
décréta à l'unanimité le premier article. Elle y fut encore poussée par un cri du cœur qui
échappa à l'illustre Larochefoucauld-Liancourt, lequel fit remarquer qu'un grand nombre de
citoyens étaient près de subir des arrêts de mort ; qu'il était dès lors indispensable de ne pas
différer d'un jour, puisqu'un instant de retard pouvait les livrer à la barbarie des supplices
que l'humanité pressait d'abolir, puisqu'un instant pouvait livrer beaucoup de familles au
déshonneur, dont un préjugé absurde flétrissait les parents des coupables, et qu'une loi sage
devait flétrir à son tour.

Ainsi donc, au 21 janvier 1790, il restait encore à délibérer sur les deux derniers articles
de Guillotin, lesquels se référaient, l'un au genre de mort que subira le condamné, et qui,
selon notre député, devait être la décapitation simple, « *par l'effet d'un simple mécanisme* ; »
l'autre à l'abolition du préjugé qui faisait rejaillir sur les parents du condamné la flétrissure
de ce dernier.

(1) *Journal des États généraux*, t. IV, p. 235, année 1789 ; in-8°.

LA PEINE DE MORT EST MAINTENUE DANS NOS CODES.

La discussion de ces deux derniers articles du projet Guillotin fut si bien ajournée, qu'elle n'a jamais eu lieu.

Il fallut seize mois pour que les principes qui y étaient exprimés appelassent de nouveau l'attention des légistateurs, absorbés par d'autres questions d'un intérêt encore plus immédiat, et qui avaient à s'occuper des ordres et congrégations religieux, des vœux monastiques, du fameux Livre rouge, des insurrections dans nos colonies, de la vente des biens ecclésiastiques, de l'unité des poids et mesures, de la division territoriale du royaume, de l'organisation de la municipalité de Paris, de la constitution civile du clergé, de l'émission des assignats, de la suppression des corporations de métiers, jurandes, maîtrises, offices de judicature, de la gabelle, de la noblesse, etc., etc.

Et, pendant ce temps-là, l'ancien Code pénal suivait son train ordinaire : on pendait comme par le passé, on continuait la comédie de l'amende honorable devant le parvis de Notre-Dame ! L'infortuné Thomas de Mahi, marquis de Favras, expiait sur la potence, à la lueur des torches, les machinations d'un grand personnage très-voisin du trône (1) ! Quelques mois après, les frères Agasse gravissaient la fatale échelle (2) ! Dans les départements aussi, malgré les protestations de Volney, l'illustre auteur des *Ruines* (3), les nouvelles formes dans la jurisprudence criminelle ordonnées par l'Assemblée constituante étaient comme non avenues, et l'ancienne législation était encore en vigueur ! Renvoyés à l'examen des comités de constitution et de législation criminelle, les deux articles de Guillotin se trouvèrent comme noyés dans le célèbre rapport que fit sur cette importante affaire Lepelletier de Saint-Fargeau.

On connaît le magnifique travail de celui qui, deux ans plus tard, devait tomber au Palais-Royal sous le fer d'un assassin. On sait les mémorables discussions qui eurent lieu au sein de l'Assemblée sur le sujet de la peine de mort, peine que le rapporteur voulait faire abolir en partie, pour ne la réserver qu'aux crimes de lèse-nation, réputés tels par un vote préalable des représentants du pays. La philosophie regrette que nos constituants aient été entraînés par les sophismes dont Prugnon et Mougins se sont faits les interprètes (4) ; qu'ils se soient laissés dominer par les craintes exprimées par Brillat-Savarin, le spirituel auteur de la *Physiologie du goût*, par l'illustre jurisconsulte Merlin, et qu'ils aient décidé, presque à l'unanimité (5), que *la peine de mort ne serait pas abrogée*, mais qu'elle serait réduite à la simple privation de la vie ; qu'il y aurait une gradation dans l'appareil des supplices, et que toutes

(1) 19 février 1790.
(2) 22 juin 1790.
(3) Prudhomme. *Révolution de Paris*, n° 28, p. 53.
(4) *Moniteur*, 1ᵉʳ juin 1791.
(5) 1ᵉʳ juin 1791.

marques de flétrissure seraient proscrites, les condamnés pouvant, à l'expiration de leur peine, être réintégrés.

Ni le plaidoyer de Robespierre, ni les discours prononcés par Pétion, le futur maire de Paris, par Duport, qui devait devenir ministre de la justice, ne purent rien faire contre ce parti pris de consacrer à la société le droit de tuer un de ses membres ; et , nous le répétons, en 1791, en pleine réforme sociale, après que les droits de l'homme avaient été burinés sur des plaques d'airain, et que le vieux monde tombait vermoulu, pièces par pièces, devant le nouveau-né, l'éclair du génie manqua qui eût dû prévoir ce qui, certainement, sera hautement proclamé par toutes les nations civilisées.

Ah ! si Guillotin, en saisissant ses collègues des grandes réformes qu'il avait méditées, eût fait un pas de plus, et si, envisageant les choses encore de plus haut, il eût été éclairé d'un long rayon de lumière, il est certain qu'il eût trouvé un puissant écho dans le sein de l'Assemblée constituante ! Et qui sait si cet écho, faisant droit enfin aux éloquentes protestations de la philosophie, de la morale et de l'humanité, ne se fût pas transformé en un vote en faveur du respect pour la vie humaine... ! Alors, quelles actions de grâces ne devrions-nous pas à cet homme, déjà si célèbre ! et quels sont les hommages publics assez grandioses pour honorer un tel service rendu à la société... ! Assis silencieux sur son banc, — car, chose singulière, il ne prit aucune part à la discussion, — Guillotin, en écoutant le savant rapport de Lepelletier de Saint-Fargeau sur la réforme du Code pénal, et les mémorables débats qui le suivirent, a dû être frappé des paroles éloquentes que le rapporteur, Pétion, Duport et Robespierre ont prononcées contre la peine de mort, et il a pu regretter de ne pas avoir précédé ces orateurs dans la même voie.

Que de regrets et de remords se seraient évités les réformateurs audacieux de 1789, s'ils avaient commencé par briser l'instrument de répression implacable dont les haines de partis devaient si facilement faire un instrument de vengeance quasi-personnelle ! Que de taches sanglantes n'auraient-ils pas épargnées à l'histoire ! Que de représailles ne se seraient pas succédé ! La révolution sans la terreur, les triomphes des vainqueurs sans l'humiliation des vaincus, la polique s'ennoblissant par la justice et par la magnanimité, au lieu de se dégrader par la cruauté et par la peur ! Voilà ce que les législateurs de 1791 pouvaient faire, s'ils avaient mieux compris que tuer son semblable n'a que faire avec la raison, et que la guillotine ne peut jamais se donner les airs d'un argument.

Nous recommandons le discours de Robespierre, de ce futur dictateur, qui, dans son implacable logique, a cru pouvoir établir les fondements de la République sur un monceau de cadavres, et qui, à cette heure, éloquent défenseur de la vie des hommes, en sera sous peu prodigue sans merci et sans frein (1).

(1) Ce discours a été inséré dans le *Moniteur* du 1er juin 1791.

LE « SIMPLE MÉCANISME » DE GUILLOTIN.

L'Assemblée constituante ayant, par son vote, consacré le principe de la peine de mort contre certains crimes, il restait à déterminer la manière dont cette peine devait être appliquée. Après la théorie, il fallait songer à la pratique, au *modus faciendi* ; il fallait opter entre la potence et la décapitation. Nos représentants se décidèrent pour ce dernier mode de détruire son semblable.

Ce fut encore Lepelletier de Saint-Fargeau, le rapporteur du Comité de législation, qui attacha le grelot. Dans la séance du 3 juin 1791 il demanda la parole au président, Bureau de Puzy, et voici ce qu'il dit :

« L'article IV est relatif au genre de la peine de mort. Vous venez de consacrer le principe
« que cette peine doit être exempte de tortures, et réduite à la simple privation de la vie.
« Votre Comité pense que la décapitation est le genre de mort qui s'écarte le moins de ce
« principe. La peine de la potence lui a paru être la plus longue, et, par conséquent, la plus
« cruelle. Une autre considération qui l'a déterminée, c'est que vous voulez exempter la
« famille du condamné de toute espèce de tache : or, dans l'opinion actuelle, le genre de
« supplice que nous vous proposons est celui qui dispose le plus les esprits à accueillir ce
« principe qui est dans vos cœurs. Il nous a donc paru que c'était celui qu'il fallait adop-
« ter (1). »

Cette proposition, qui consistait à faire tomber une tête humaine par l'effet d'un instrument quelconque, et à faire, par conséquent, jaillir le sang, ne fut pas, on le pense bien, sans rencontrer des opposants. Cependant, après les observations de Chabroud, qui préfère la corde ; de Lachèze, qui s'en rapporte au Comité, d'un autre représentant, qui propose que le condamné soit attaché à un poteau et étranglé ; après le touchant discours de Larochefoucauld-Liancourt, qui fait remarquer combien il est nécessaire de faire disparaître un supplice (la potence, le réverbère) qui a si malheureusement servi les vengeances populaires, on adopte l'avis du Comité en ces termes :

Tout condamné à mort aura la tête tranchée.

L'idée de Guillotin, exprimée vingt mois auparavant, recevait ainsi sa consécration.

Sans prendre part aux discussions, et par le seul effet de son célèbre discours du 1ᵉʳ décembre 1789, il avait fait brûler la potence du bourreau, comme un supplice infamant ; il avait fait prévaloir la grande idée de l'égalité des peines pour tous les membres de la société ; il avait fait adopter, par la voix éloquente et persuasive de Lepelletier de Saint-Fargeau, la décapitation, qui n'avait été jusqu'alors qu'un privilège pour les nobles et les grands. Mais il voulait plus encore : comme on l'a déjà vu, il voulait que la chute d'une tête ne fût plus soumise

(1) *Moniteur*, 4 juin 1791.

au plus ou moins de dextérité d'un bourreau ; et, ne pouvant compter sur cette dextérité, au bout de laquelle se trouvaient l'élégance et la rapidité d'exécution, il s'était demandé si la mécanique ne pourrait pas venir en aide à la justice, et si la main plus ou moins vacillante, plus ou moins sûre des Sansons ne pourrait pas être remplacée par une machine obéissant, servile et immuable, à un simple signe donné par l'exécuteur des hautes œuvres.

N'ayant pas le discours de Guillotin, nous ne savons pas la description qu'il a donnée, devant une assemblée émue, de cette mécanique qui devait être comme le *veni, vidi, vici* de César, et assez expéditive pour que le célèbre député ait pu dire, en parlant de son action : La tête vole, le sang jaillit, l'homme n'est plus.

Mais ce qu'il y a de sûr, c'est qu'à dater de cette mémorable séance du 1ᵉʳ juin 1791, dans laquelle les députés de la France eurent la malheureuse faiblesse de maintenir la peine de mort dans nos Codes, le pouvoir judiciaire se trouva fort embarrassé pour mettre à exécution ses arrêts, et qu'il se passa onze mois avant qu'on pût confectionner une machine capable de remplir le but de la loi et de satisfaire à ces *desiderata :* expédition rapide dans l'autre monde; pas de souffrances inutiles pour le supplicié.

Une publication justement estimée (1) a dévoilé la correspondance administrative qui a eu lieu sur ce lugubre sujet. Nous y ferons de larges emprunts, en y glissant des documents émanés d'autres sources, et puisés aux Archives de la Seine.

Onze mois!... pendant lesquels les assassinats allèrent leur train, et dont les coupables, condamnés au dernier supplice, attendaient, dans les prisons de Paris et ailleurs, leur sort avec angoisse, percevant à travers les grilles de leurs cachots, le bruit vague qu'il était question de remplacer l'ancien supplice par un autre, et se demandant s'ils allaient être pendus ou décapités!... C'était horrible!...

Le bourreau lui-même n'en pouvait mais. Comme, jusqu'alors, il avait pendu beaucoup plus que décapité par la hache ou le glaive; comme, d'un autre côté, il fallait obéir à cet article de la loi : *Tout condamné à mort aura la tête tranchée,* il était loin d'être sûr de son coup de main, et redoutait pour lui-même les vengeances populaires.

En vérité, le pauvre homme était bien à plaindre!...

L'affaire était cependant pressante.

Voici la lettre que Verrier, commissaire du roi près le 2ᵉ Tribunal criminel de Paris, écrivait, le 2 mars 1792, à Rœderer, procureur général syndic du département :

« Paris, ce 2 mars 1792.

« Vous m'avez promis, Monsieur, une réponse, pour hier mardi, aux observations que le « Président du deuxième Tribunal criminel et moi vous avions présentées sur le mode d'exé- « cution à employer contre les condamnés à mort. J'augure, par le silence que vous gardez, « que vous n'êtes pas encore décidé sur cet objet ; je crois donc devoir m'adresser directe- « ment au Président de l'Assemblée nationale ; il est instant que le public ait un exemple « sous les yeux ; les assassinats se multiplient, et les bons citoyens se plaignent et gémissent « de l'inertie et de la négligence que l'on met à l'exécution de la loi. Je ne vous en écris que « d'après le vœu de mon Tribunal. VERRIER, commissaire du roi (2). »

(1) *Revue rétrospective,* par Jules Taschereau, février 1835; in-8°.
(2) *Revue rétrospective,* 2ᵉ série, t. I, p. 7.

En même temps, le lendemain, 3 mars, l'Assemblée nationale recevait les deux lettres suivantes, l'une écrite par Duport-Dutertre, ministre de la justice, qui ne se doutait guère, en l'écrivant, que lui-même était destiné à gravir, avec son ami Barnave, la fatale échelle, et à voir de trop près une machine dont l'idée lui faisait horreur; l'autre par Rœderer.

Lettre du ministre de la justice.

« Monsieur le Président,

« Je dois soumettre à la pressante considération de l'Assemblée nationale un point dont la
« décision devient instante, et sur lequel néanmoins il me répugnerait beaucoup de m'expli-
« quer, si le besoin d'exécuter les jugements criminels, si l'humanité et le grand intérêt de
« ne point pousser à la férocité le caractère national ne me faisaient un devoir d'en parler
« une fois pour n'y plus revenir : il s'agit du mode d'exécution.

« Dans la condamnation à mort, nos nouvelles lois ne voient que la simple privation de la
« vie. Elles ont adopté la décollation comme la peine la plus conforme à ce principe. A cet
« égard, elles se sont trompées, ou du moins, pour atteindre ce but, il faut chercher et géné-
« raliser une forme qui y réponde, et que l'humanité éclairée perfectionne l'art de donner
« ainsi la mort.

« L'Assemblée me permettra de ne pas entrer dans des détails que j'ai été condamné à
« entendre : espèce de supplice que quelques-uns de ses membres voudront bien partager,
« pour être en état de faire le rapport.

« Je me contenterai de dire ici qu'il résulte des observations qui m'ont été faites par les
« exécuteurs que, sans des précautions du genre de celles qui ont fixé l'attention de l'Assem-
« blée constituante, le supplice de la décollation sera horrible pour le spectateur. Ou il
« démontrera que ceux-ci sont atroces, s'ils en supportent le spectacle, ou l'exécuteur, effrayé
« lui-même, sera exposé à toutes les colères du peuple, devenu criminel et injuste à son
« égard, par humanité.

« Monsieur le Président, je n'ai pas besoin de faire sentir à l'Assemblée nationale combien
« cet objet sollicite une prompte décision; car déjà le cas est arrivé où l'application de la loi
« est devenue nécessaire, et l'exécution est arrêtée par l'humanité des juges et par l'effroi
« de l'exécuteur.

« Je suis avec respect, Monsieur le Président, votre très-humble et très-obéissant servi-
« teur.   « M.-L.-J. DUPORT.

« Paris, ce 3 mars 1792. »

Lettre du Directoire du département de Paris.

« Monsieur le Président,

« Le second tribunal criminel, étant dans le cas de faire exécuter un jugement de mort, a
« demandé au Directoire du département de demander comment s'exécuterait l'article 3 du
« Code pénal, qui est conçu en ces termes :

« TOUT CONDAMNÉ (*à la peine de mort*) AURA LA TÊTE TRANCHÉE. Le Directoire a considéré
« que la loi ne déterminant pas le mode d'exécution de cet article, il n'était pas possible
« d'en indiquer d'autre que celui qui a été employé par le passé; mais l'exécuteur de la jus-
« tice lui a témoigné la crainte de ne pas remplir le vœu de la loi : ce vœu est de ne faire

« souffrir au coupable que la mort simple. L'exécuteur, faute d'expérience, peut faire de la
« décollation un supplice affreux, et c'est ce que nous sommes dans le cas d'appréhender.

« Nous déposons donc dans le sein de l'Assemblée nationale les circonstances qui nous
« paraissent rendre un décret nécessaire sur le mode d'exécution de l'article 3 du Code
« pénal.

« Nous sommes avec respect, Monsieur le Président,

« vos très-humbles et très-obéissants serviteurs,

« Les administrateurs composant le Directoire

« du département de Paris.

« Paris, le 3 mars 1792, l'an IVe de la liberté. »

Si messieurs les bourreaux s'étaient contentés d'exprimer verbalement au ministre de la
justice et au procureur général syndic leurs appréhensions touchant le rôle qu'ils allaient
avoir dorénavant à remplir, leur éloquence eût été perdue pour la postérité ; mais, heureusement pour nous, ils ont signé une consultation sur ce sujet palpitant. La voici :

« Pour que l'exécution puisse se terminer suivant l'intention de la loi, il faut que, sans
« aucun obstacle de la part du condamné, l'exécuteur se trouve être encore très-adroit, le
« condamné très-ferme, sans quoi l'on ne parviendra jamais à terminer cette exécution avec
« l'épée sans qu'il arrive des scènes dangereuses.

« A chaque exécution, l'épée n'est plus en état d'en faire une autre : étant sujette à
« s'ébrécher, il est absolument nécessaire qu'elle soit repassée et affilée de nouveau, s'il se
« trouve plusieurs condamnés à exécuter au même instant ; il faudra donc avoir un nombre
« d'épées suffisant et toutes prêtes. Cela prépare des difficultés très-grandes et presque insur-
« montables.

« Il est à remarquer encore que, très-souvent, les épées ont été cassées en pareilles exé-
« cutions. L'exécuteur de Paris n'en possède que deux, lesquelles lui ont été données par le
« ci-devant Parlement de Paris. Elles ont coûté 600 livres pièce.

« Il est à examiner que, lorsqu'il y aura plusieurs condamnés qui seront exécutés en même
« temps, la terreur que présente cette exécution, par l'immensité de sang qu'elle produit et
« qui se trouve répandu, portera l'effroi et la faiblesse dans l'âme du plus intrépide de ceux
« qui resteront à exécuter. Ces faiblesses produiront un obstacle invincible à l'exécution. Le
« sujet ne pouvant plus se soutenir, si l'on veut passer outre, l'exécution deviendra une lutte
« et un massacre.

« A en juger par les exécutions d'un autre genre, qui n'apportent pas, à beaucoup près, les
« précisions que celle-ci demande, on a vu les condamnés se trouver mal à l'aspect de leurs
« complices suppliciés, au moins avoir des faiblesses, la peur : tout cela s'oppose à l'exécution
« de la tête tranchée avec l'épée. En effet, comment supporter le coup d'œil d'une exécution
« la plus sanguinaire sans faiblesse ?

« Dans les autres genres d'exécution, il était très-facile de dérober ces faiblesses au public,
« parce que l'on n'avait pas besoin, pour la terminer, qu'un condamné reste ferme et sans
« terreur ; mais dans celle-ci, si le condamné fléchit, l'exécution sera manquée. Peut-on être
« le maître d'un homme qui ne voudra ou ne pourra plus se tenir ?

« Il paraît, cependant, que l'Assemblée nationale n'avait décidé ce genre d'exécution que
« pour éviter les longueurs que les anciennes exécutions présentaient.

« C'est en conséquence de ces vues d'humanité que j'ai l'honneur de prévenir sur tous les
« accidents que cette exécution produira si on la fait exécuter avec l'épée. Il serait trop tard,
« je crois, de porter le remède à ces accidents s'ils n'étaient connus que par leur malheureux
« usage.

« Il est donc indispensable que, pour remplir les vues de l'humanité que l'Assemblée natio-
« nale s'est proposées, de trouver un moyen qui puisse forcer le condamné, au point que
« l'exécution ne puisse devenir douteuse, et, par ces moyens, éviter les longueurs, et en fixer
« la certitude. Par là, on remplira l'intention du législateur, et on se mettra à couvert de
« l'effervescence publique. »

Soyez tranquille, illustre Sanson,... on va vous trouver un moyen « de fixer le condamné »
et d'exclure toute espèce de « doute » dans l'exécution. Vous paraissez regretter votre potence
qui ne faisait pas, elle, répandre de sang, et vers laquelle vous glissiez assez aisément les victimes; l'usage de l'épée pour couper une tête vous fait peur, surtout lorsqu'il s'agira de plusieurs condamnés à expédier en même temps; cette épée s'ébrèche si facilement !... D'ailleurs,
elle coûte bien cher : six cents livres !... C'est une grosse somme !... Attendez ! le docteur
Guillotin vous a promis une mécanique qui fera voler la tête... Vous l'aurez.....

A cette époque, il y avait à la tête de la chirurgie française un savant auquel ses talents et
ses travaux avaient fait une réputation européenne ; noble vieillard de 69 ans, encore enthou-
siaste pour son art, logique, sévère, d'une raison élevée, auteur d'utiles perfectionnements
dans les instruments chirurgicaux, inventeur des ciseaux courbes sur les plats, des couteaux
droits pour les amputations, d'un double lithotome pour la taille, et auteur d'un grand nombre
d'ouvrages sur l'art des Ambroise Paré, des Desault et des Dupuytren :

J'ai nommé Antoine Louis, secrétaire perpétuel de l'Académie de chirurgie.

L'Assemblée nationale, mise en demeure d'arrêter enfin une méthode prompte et facile de
décollation, et de tirer le ministre de la justice de son embarras et le bourreau de ses per-
plexités, eut l'excellente idée de s'adresser, par l'organe de son Comité de législation, à ce
vénérable représentant de la science.

C'est peut-être la première fois qu'un disciple d'Esculape ait reçu pareil appel, et qu'il ait
donné une consultation, non pas pour guérir un de ses semblables, mais pour le tuer.

Quoi qu'il en soit, Louis ne déclina pas l'honneur qu'on lui faisait, et, le 7 mars 1791, il
signait le mémoire suivant, qui est un modèle du genre :

Avis motivé sur le mode de décollation.

« Le Comité de législation m'a fait l'honneur de me consulter sur deux lettres écrites à
« l'Assemblée nationale concernant l'exécution de l'article 3 du titre Ier du Code pénal, qui
« porte que tout condamné à la peine de mort aura la tête tranchée. Par ces lettres, M. le
« ministre de la justice et le directeur du département de Paris, d'après les représentations
« qui leur ont été faites, jugent qu'il est de nécessité instante de déterminer avec précision
« la manière de procéder à l'exécution de la loi, dans la crainte que si, par défectuosité du
« moyen, ou faute d'expérience, ou par maladresse, le supplice devenant horrible pour le

« patient et pour les spectateurs, le peuple, par humanité, n'eût occasion d'être injuste et
« cruel envers l'exécuteur ; ce qu'il est important de prévenir.

« J'estime que les représentations sont justes et les craintes bien fondées. L'expérience et
« la raison démontrent également que le mode en usage par le passé pour trancher la tête à
« un criminel l'expose à un supplice plus affreux que la simple privation de la vie, qui est le
« vœu formel de la loi; pour le remplir, il faut que l'exécution soit faite en un instant, et d'un
« seul coup. Les exemples prouvent combien il est difficile d'y parvenir.

« On doit rappeler ici ce qui a été observé à la décapitation de Lally. Il était à genoux, les
« yeux bandés. L'exécuteur l'a frappé à la nuque. Le coup n'a point séparé la tête, et ne
« pouvait le faire. Le corps, à la chute duquel rien ne s'opposait, a été renversé en devant,
« et c'est par trois ou quatre coups de sabre que la tête a été enfin séparée du tronc. On a
« vu avec horreur cette *hacherie*, s'il est permis de créer ce terme.

« En Allemagne, les exécuteurs sont plus expérimentés par la fréquence de ces sortes
« d'expéditions, principalement parce que les personnes du sexe féminin, de quelque condi-
« tion qu'elles soient, ne subissent point d'autre supplice. Cependant, la parfaite exécution
« manque souvent, malgré la précaution, en certains lieux, de fixer le patient assis dans un
» fauteuil.

« En Danemark, il y a deux positions et deux instruments pour décapiter. L'exécution,
« qu'on pourrait appeler *honorifique*, se fait avec un sabre. Le criminel, à genoux, a un ban-
« deau sur ses yeux, et ses mains sont libres. Si le supplice doit être infamant, le patient,
« lié, est couché sur le ventre, et on lui coupe la tête avec une hache.

« Personne n'ignore que les instruments tranchants n'ont que peu ou point d'effet lorsqu'ils
« frappent perpendiculairement. En les examinant au microscope, on voit qu'ils ne sont que
« des scies plus ou moins fines qu'il faut faire agir en glissant sur le corps à diviser. On ne
« réussirait pas à décapiter d'un seul coup avec une hache ou couperet dont le tranchant
« serait en ligne droite; mais avec un tranchant convexe, comme aux anciennes haches
« d'armes, le coup asséné n'agit perpendiculairement qu'au milieu de la portion du cercle;
« mais l'instrument, en pénétrant dans la continuité des parties, qu'il divise, a, sur ses côtés,
« une action oblique en glissant, et atteint sûrement son but.

« En considérant la structure du cou, dont la colonne vertébrale est le centre, composée
« de plusieurs os dont la connexion forme des enchevauchures, de manière qu'il n'y a pas
« de joint à chercher, il n'est pas possible d'être assuré d'une prompte et parfaite séparation
« en la confiant à un agent susceptible de varier en adresse par des causes morales et phy-
« siques. Il faut nécessairement, pour la certitude du procédé, qu'il dépende de moyens mé-
« caniques invariables dont on puisse également déterminer la force et l'effet. C'est le parti
« qu'on a pris en Angleterre. Le corps du criminel est couché sur le ventre entre deux
« poteaux barrés par le haut par une traverse, d'où l'on fait tomber sur le col la hache
« convexe au moyen d'une déclique. Le dos de l'instrument doit être assez fort et assez lourd
« pour agir efficacement, comme le mouton qui sert à enfoncer les pilotis. On sait que sa
« force augmente en raison de la hauteur d'où il tombe.

« Il est aisé de faire construire une pareille machine, dont l'effet est immanquable. La
« décapitation sera faite en un instant, suivant l'esprit et le vœu de la nouvelle loi. Il sera

« facile d'en faire l'épreuve sur des cadavres, et même sur des moutons vivants. On verra s'il
« ne serait pas nécessaire de fixer la tête du patient par un croissant qui embrasserait le cou
« au niveau de la base du crâne. Les cornes ou prolongements de ce croissant pourraient être
« arrêtés par des clavette sous l'échafaud. Cet appareil, s'il paraît nécessaire, ne ferait aucune
« sensation et serait à peine aperçu.

  « Consulté à Paris, le 7 mars 1792.

« LOUIS,

« Secrétaire perpétuel de l'Académie de chirurgie. (1) »

C'est armé de cette consultation de Louis que, le 20 mars 1792, le Comité de législation,
par l'organe de l'un de ses membres, Prosper-Hyacinthe Carlier, député du département de
l'Aisne, vint présenter à l'Assemblée nationale son rapport touchant les deux lettres du ministre de la justice et du directoire. Je dis *présenter*, car l'Assemblée, présidée par Gensonnet,
ne voulut même pas prêter l'oreille à des détails qui la faisaient frémir d'horreur, et elle
adopta sans discussion les décrets suivants :

Décret d'urgence.

« L'Assemblée nationale, considérant que l'incertitude sur le mode d'exécution de l'article 3
« du titre I⁰ʳ du Code pénal suspend la punition de plusieurs criminels qui sont condamnés
« à mort ; qu'il est très-instant de faire cesser des incertitudes qui pourraient donner lieu à
« des mouvements factieux ; que l'humanité exige que la peine de mort soit la plus douce
« possible dans son exécution, décrète qu'il y a urgence. »

Décret définitif.

« L'Assemblée nationale, après avoir décrété l'urgence, décrète que l'article 3 du titre I⁰ʳ
« du Code pénal sera exécuté suivant la manière indiquée et le mode adopté par la consulta-
« tion signée du secrétaire perpétuel de l'Académie de chirurgie, laquelle demeure annexée
« au présent décret ; en conséquence, autorise le pouvoir exécutif à faire les dépenses néces-
« saires pour parvenir à ce mode d'exécution, de manière qu'il soit uniforme dans tout le
« royaume (2). »

---

(1) Cette consultation a été imprimée, mais en partie seulement, dans le *Moniteur* du 20 mars 1792.
(2) Le rapport de Carlier n'a pas été inséré au *Moniteur*, mais il a été imprimé à part, in-8°, de l'im-
primerie nationale, 12 pages. (Bibl. nat., L⁰ 33. 3, in-8°. Recueil de pièces.)

CONSTRUCTION DE LA MACHINE A DÉCAPITER. — EXPÉRIENCES FAITES A BICÊTRE. — PREMIÈRE APPLICATION SUR L'HOMME.

Ce n'était pas tout que d'avoir décrété que l'article 3 du titre Ier du Code pénal serait exécuté suivant la manière indiquée et le mode adopté par la consultation de Louis. Il s'agissait maintenant de faire construire une machine sur ces indications de la science.

Il paraît que la chose ne fut pas facile ; car, malgré l'urgence, malgré des réclamations incessantes, il se passa encore trente-cinq jours avant qu'on se soit décidé à confier au bourreau la machine à décapiter.

C'est ici que devient surtout intéressante la correspondance administrative dont nous avons parlé, et dans laquelle on voit en scène les personnages suivants :

Étienne Clavière, fraîchement nommé ministre des contributions publiques, et qui devait tomber sous les accusations farouches de Robespierre, et se suicider pour éviter l'échafaud ;

Louis Rœderer, alors procureur général syndic du département de Paris, plus tard sénateur, conseiller d'Etat, pair de France, etc., etc. ;

Moreau, juge au deuxième tribunal criminel provisoire de Paris ;

Jouesne, greffier au même tribunal ;

Verrier, commissaire du roi ;

Lafayette, commandant général des gardes nationales ;

Louis, secrétaire perpétuel de l'Académie de chirurgie ;

Michel Cullerier, célèbre chirurgien de l'hôpital de Bicêtre ;

Guillotin ;

Guédon, charpentier, fournisseur habituel des bois de justice (lisez : potences) ;

Un menuisier du nom de Clairin ;

Enfin, Charles-Henri Sanson, exécuteur à Paris des jugements criminels.

Lettre de Rœderer à Guillotin.

« 10 mars 1792.

« Je vous serais très-obligé, Monsieur et cher ex-collègue, de vouloir bien passer au dépar-
« tement, place Vendôme, 4, à votre premier moment de liberté. Le Directoire va être mal-
« heureusement dans le cas de déterminer le mode de décapitation qui sera désormais em-
« ployé pour l'exécution de l'article 3 du Code pénal.

« Je suis chargé de vous demander communication des notions importantes que vous avez
« recueillies et comparées pour adoucir une peine dont l'intention de la loi n'a pas été de
« faire un supplice cruel.

« Le procureur général syndic, ROEDERER. »

23 mars 1792.

Rœderer à Clavière, ministre des contributions publiques.

Il le prie de prendre des mesures pour faire construire la machine, ou de charger de ce soin le Directoire. « Dans le cas où vous préféreriez ce dernier parti, il serait intéressant que le Directoire en eût promptement connaissance, afin qu'il pût engager M. Louis à présider à la construction. »

26 mars 1792.

Réponse de Clavière.

Il décline le soin de faire construire la machine, et en charge le Directoire; mais il désire auparavant connaître la dépense que cela occasionnera. M. le ministre est bien vite satisfait ; on lui envoie le devis suivant :

Devis estimatif d'une machine décrétée par l'Assemblée nationale pour servir à trancher la tête aux criminels condamnés à la peine de mort.

SAVOIR :

Ladite machine sera composée de deux poteaux-montants, en bois neuf, de la première qualité, lesquels auront dix-huit pieds de hauteur, et seront garnis de traverses emmanchées à tenons et mortaises; et, pour chevilles d'assemblage, il y sera substitué des boulons à tête d'un bout et des écrous à l'autre, avec leurs rondelles.

Idem. Des contrefiches emmanchées à tenons et mortaises avec embreuvement haut et bas, les chevilles en fer, c'est-à-dire chevilles d'assemblage.

Lesdits poteaux-montants faits de manière à recevoir des rainures, lesquelles seront garnies en cuivre pour empêcher le gonflement du bois et donner de la célérité au mouton destiné à les parcourir, lesquels seront aussi de la meilleure qualité.

Plus, huit poteaux de huit pieds de long, de huitième de la meilleure qualité en bois de chêne neuf, garnis de leurs traverses nécessaires au pourtour haut et bas, et au milieu suivant le besoin; le tout emmanché à tenons et mortaises, et, pour chevilles, des boulons à tête et à écrou.

Plus, le plancher dudit échafaud en bois de chêne neuf de 3 pouces de grosseur.

Plus, la fermeture au pourtour dudit échafaud en bois de chêne pour éviter que le peuple ne se mette dessous.

On adaptera à cet échafaud un escalier composé de deux limons en bois de chêne de 10 pieds de long, avec douze marches aussi en bois de chêne première qualité, de l'épaisseur de 2 pouces. Le tout d'assemblage.

Ledit escalier de 3 pieds de largeur retenu par les deux extrémités et au milieu avec des boulons à tête et à écrou.

Plus, deux crochets en fer à la partie supérieure, qui seront reçus dans deux crampons à écrou et à queues posés en conséquence.

Ledit escalier garni de chaque côté d'une rampe, retenue avec brides en fer mises à boulons à vis.

Récapitulation des dépenses que produira la machine ci-dessus.

SAVOIR :

Premièrement, la charpente de la machine, très-soignée, et celle de l'échafaud sur lequel elle sera posée	1,500 liv.
Pour l'escalier dudit échafaud et ses dépendances	200
Pour la ferrure du tout	600
Pour trois tranchoirs.	300
Pour les poulies et les raînures en cuivre de fonte.	300
Pour le mouton en fer forgé	300
Façon du tout, expériences réitérées, temps, vacations et conférences y relatives.	1,200
Plus, le modèle en petit, servant à la démonstration, afin d'éviter, autant qu'il sera possible, les événements, les prévenir pour la grande machine, et prouver l'évidence.	1,200
Pour les cordages	60
Total général. . .	5,660 liv.

OBSERVATIONS.

Si les dépenses paraissaient un peu fortes, on observe que celles qui pourraient être construites sur cette première reviendraient à beaucoup moins cher, toutes difficultés étant levées tant pour l'incertitude des dépenses que pour les événements à rectifier s'il y a lieu.

GUÉDON.

Rœderer à Clavière.

« 5 avril 1792.

« M. Louis, Monsieur, vient de me faire passer un devis dressé par le sieur Guédon, char-
« pentier, chargé de la fourniture des bois de justice, pour la construction de la machine des-
« tinée à l'exécution du supplice de la décapitation ; j'ai l'honneur de vous en envoyer copie,
« ainsi que la lettre du secrétaire de l'Académie de chirurgie, qui en approuve les idées, mais
« sans dissimuler que le prix lui en a paru exorbitant. Je ne saurais m'empêcher, Monsieur,
« de vous faire la même observation. Un des motifs sur lesquels le sieur Guédon fonde ses
« demandes est la difficulté de trouver des ouvriers pour des travaux dont le préjugé les
« choque. Ce préjugé existe, en effet; mais il s'est présenté des ouvriers qui ont offert d'exé-
« cuter la machine à un prix bien inférieur au sien, en demandant seulement de n'être pas
« connus du public... Je crois que, dans le cas où vous n'accueilleriez pas le devis que je
« vous adresse, il serait convenable que vous voulussiez bien autoriser le Directoire à traiter
« lui-même avec quelque autre artiste; il en obtiendrait certainement des conditions plus
« modestes...

9 avril 1792.

Réponse de Clavière.

Il trouve, en effet, que le devis présenté par le charpentier Guédon, pour chaque machine, est exorbitant. En conséquence, il autorise le Directoire à traiter avec tout autre artiste...

11 avril 1792.

Moreau, juge au deuxième tribunal criminel de Paris, écrit à Rœderer.

Il se plaint que la machine, « quoique fort simple, » ne soit pas encore commencée. Il y a dans les prisons un malheureux condamné à mort qui connaît son sort, et pour lequel chaque instant qui prolonge son existence doit être une mort pour lui. « Au nom de la justice et de la loi, au nom de l'humanité, au nom des services que nos tribunaux s'empressent de rendre, daignez donner des ordres pour faire cesser l'effet des causes de ce retard, qui nuit à la loi, à la morale publique, aux juges et aux coupables eux-mêmes. »

11 avril 1792.

Rœderer répond à Moreau.

Il lui annonce que, depuis hier, un « particulier » travaille à la machine de concert avec M. Louis ; qu'il la promet pour samedi ; qu'on pourra en faire l'essai le même jour ou dimanche sur quelque cadavre, et que lundi ou mardi les jugements pourront être exécutés.

Enfin, la machine est prête ; on peut l'expérimenter. Ce fut en dehors de Paris, en cachette, dans une petite cour ou dans l'amphithéâtre de Bicêtre, que l'on procéda, sur cinq cadavres, à ces sombres essais, le mardi 15 avril, à dix heures du matin.

Que se passa-t-il dans cette séance extraordinaire ? On ne sait ; car les procès-verbaux qu'on a rédigés, ou sont perdus, ou gisent sous la poussière de nos archives ; mais ce dont on peut être assuré, c'est que l'assemblée ne fut pas nombreuse.

Il y eut :

Le mécanicien, « l'artiste, » le « particulier, » qui devait faire manœuvrer lui-même son œuvre, et qui dut recevoir de chaleureuses félicitations pour son habileté ;

Le docteur Louis, impatient de voir fonctionner un mécanisme pour la confection duquel il avait apporté l'œil vigilant de la science ;

Le docteur Michel Cullerier, qui avait prêté de bonne grâce l'hôpital auquel il était attaché et les cinq cadavres ;

Le docteur Guillotin, le premier promoteur de toute cette affaire ;

Enfin le bourreau, personnage indispensable ici ; car, destiné à jouer plus tard son rôle dans un drame à deux acteurs, il était bien désireux d'assister à la répétition générale pour ne pas être sifflé, bafoué ou maltraité par les spectateurs.

M. Taschereau a publié l'invitation qui fut faite en cette occasion au bourreau ; j'ai vu, tenu dans mes mains celle, originale et signée, que Louis adressa à son confrère Michel Cullerier. Voici ces deux pièces :

A Monsieur Sanson, exécuteur des jugements criminels.

« Ce 14 avril 1792.

« M. Louis, Monsieur, vient de m'informer que tout est disposé pour faire demain, à dix « heures du matin, à Bicêtre, une expérience de la machine destinée à la décapitation.

« Le procureur général syndic, ROEDERER. »

2

Lettre de Louis à Michel Cullerier.

« Samedi, 12 avril 1792.

« Le mécanicien, Monsieur, chargé de la construction de la machine à décapiter, ne sera
« prêt à en faire l'expérience que mardi. Je viens d'écrire à M. le procureur général syndic,
« afin qu'il enjoigne à la personne qui doit opérer en public et en réalité de se rendre mardi
« à dix heures, au lieu désigné pour l'essai. J'ai fait connoître au Directoire du département
« avec quel zèle vous avez saisi le vœu général sur cette triste affaire. Ainsi donc, à mardi.
« Pour l'efficacité de la chute du couperet ou tranchoir, la machine doit avoir 14 pieds d'élé-
« vation. D'après cette notion, vous verrez si l'expérience peut être faite dans l'amphithéâtre
« ou dans la petite cour adjacente.

« Je suis de tout mon cœur, Monsieur, le plus dévoué de vos obéissants serviteurs.

« LOUIS. »

Et au dos : « *A Monsieur, Monsieur Cullerier, chirurgien principal de l'Hôpital général,
au château de Bicêtre* (1). »

Disons-le bien vite : la machine fonctionna admirablement bien à Bicêtre sur les cinq
cadavres, et l'on put prédire que, appliquée à l'homme vivant, elle ne ferait pas démentir les
paroles colorées de Guillotin : « La tête vole, le sang jaillit, l'homme n'est plus (2). »

La prédiction se trouva être vraie.

La machine à décapiter débuta avec succès sur le cou du nommé Nicolas-Jacques Pelletier,
condamné à mort et exécuté le mercredi 25 avril 1792, pour avoir frappé un particulier de
plusieurs coups de couteau et pour lui avoir volé un portefeuille contenant 800 livres en
assignats (3)

La nouveauté du supplice avait attiré, comme on le pense bien, une foule immense.

Le cas avait été prévu, et Rœderer avait eu le soin d'écrire d'abord à Fortin, capitaine de
la gendarmerie nationale (4), puis à La Fayette. Il mandait à ce dernier :

« Le nouveau mode d'exécution, Monsieur, du supplice de la tête tranchée, attirera certai-
« nement une foule considérable à la Grève, et il est intéressant de prendre des mesures pour
« qu'il ne se commette aucune dégradation à la machine. Je crois, en conséquence, nécessaire
« que vous ordonniez aux gendarmes qui seront présents à l'exécution de rester après qu'elle
« aura eu lieu en nombre suffisant sur la place et dans ses issues, pour faciliter l'enlèvement
« de la machine et de l'échafaud... »

Le journaliste Duplan rend ainsi compte de ses sensations, le 27 avril 1792 :

« On fit, hier, l'essai de la petite Louison, et on coupa une tête; le nommé Lepelletier, qui
n'est pas celui du *Journal des actes des Apôtres*, en fit la triste expérience.

---

(1) Je dois la communication de cette lettre à M. le docteur Cullerier, fils de Michel, et qui a marché
sur les traces de son illustre père.

(2) Voir la lettre écrite par Rœderer, le 19 avril 1792, à Challan, procureur syndic du département
de Seine-et-Oise. *Revue rétrospective*, p. 17.

(3) *Chronique de Paris*, n° 118, 26 avril 1792. *Journal de Perlet*, n° 207.

(4) Voir cette lettre, *Revue rétrospective*, p. 29.

« Je n'ai de ma vie pu approcher un pendu ; mais j'avoue que j'ai encore plus de répugnance pour ce genre d'exécution ; les préparatifs font frissonner et aggravent le supplice moral ; quant au supplice physique, j'ai fait assister quelqu'un qui m'a rapporté que c'était l'affaire d'un clin d'œil ; le peuple semblait invoquer le retour de M. Sanson à l'ancien régime, et lui dire :

« Rends-moi ma potence en bois,
« Rends-moi ma potence. »

Puis vinrent successivement essayer le fil du tranchoir :

Trois soldats : Devitre, Cachard et Desbrosses, qui avaient sabré une limonadière du Palais-Royal (1).

Deux fabricants de faux assignats, Lamievette et Dunau, qui furent décapités à Paris, le 4 juin 1792 ;

L'abbé Geoffroy, condamné pour le même crime.

Et... oh ! depuis ce temps-là, la machine à décapiter a fait son chemin... un chemin inondé de sang et de larmes.

Louis n'eut pas le temps d'assister à ses exploits, car il mourut le 20 mai 1792.

(1) *Journal général de France*, n° 115.

V

LA GUILLOTINE.

On connaît, hélas ! trop bien, au moins pour l'avoir vue de loin, cette machine, instrument passif, irréfléchi des vengeances de la société outragée, et la main tremblerait à décrire ces deux montants rouge sang plantés sur la plate-forme... et les deux traverses qui les maintiennent immobiles..., et ce croissant qui emboîte le cou pour que la tête n'échappe pas..., et cette planche à bascule armée de ses courroies..., et, tout en haut, le « glaive de la loi » glissant dans ses rainures, entraîné par un contre-poids, et qui tombe comme la foudre...

On a vu que la susdite machine, *présentée et décrite* par Guillotin le 1ᵉʳ décembre 1789, adoptée en principe par l'Assemblée législative le 3 juin 1791, fit enfin son entrée dans le monde le 25 avril 1792, sur la place de Grève, devant une foule immense accourue là pour contempler les traits hideux du monstre qui venait de naître.

Mais, une fois proposée, la machine à décapiter voulut être baptisée.

Elle le fut presque au moment de sa conception.

Je ne sais si Guillotin, dans son discours du 1ᵉʳ décembre, en fut le parrain, et si de suite il lui donna son nom, qui semblait être prédestiné, tant il était facile de le féminiser en y ajoutant seulement une lettre.

Ce qu'il y a de certain, c'est que le *Journal de Perlet* (1) l'assure en ces termes :

« Le comité de législation a fait adopter un projet de décret sur le mode de décollation des
« malheureux condamnés à mort. Il a été rendu sans être lu ni discuté. Ce décret n'est autre
« chose que l'avis de M. Louis, secrétaire perpétuel de l'Académie de chirurgie, qui propose,
« pour l'exécution de cet article du Code pénal, une machine à peu près semblable à celle
« *que son inventeur avait fait appeler la guillotine.* »

D'un autre côté, dans son nᵒ X, qui parut très-peu de temps après la motion Guillotin, le *Journal des actes des apôtres* imprime déjà le mot guillotine. On ne passe pas facilement sans la citer cette satire pleine de verve et d'esprit d'une feuille monarchique signée de Pellier, de Rivarol, de Champcenetz, de Mirabeau, de Bergasse, etc., et qui, fille aînée de cette joyeuse feuille qui devait donner le jour à *Figaro*, au *Corsaire* et au *Charivari,* s'était donné pour mission de ridiculiser la Révolution et ses apôtres :

« La législation et les arts se perfectionnent tous les jours. Grâce aux nouvelles découvertes
« de l'anatomie, notre jurisprudence criminelle va reprendre une force nouvelle, et si la phi-
« losophie admet encore l'effusion du sang humain, au moins la manière ingénieuse et douce
« dont il sera répandu à l'avenir pourra servir de modèle à tous les législateurs de l'univers.
« Il était réservé à M. Guillotin, député de Paris, aussi adroit médecin que profond mécani-
« cien, de présenter au monde l'esquisse d'une machine à décapiter qui étendra la gloire du

(1) Nᵒ 173, 22 mars 1792.

« nom français jusqu'aux rives du Bosphore. Si quelques députés ont trouvé que, par cette
« innovation, M. Guillotin *tranchait un peu dans le vif*, et ennoblissait le crime, c'est une
« arrière-pensée d'aristocratie qui décèle leurs desseins perfides.

« Combien cette manière prompte et expéditive n'aura-t-elle pas d'avantages sur la mé-
« thode adoptée par les Anglais!... 1° La pompe et la beauté du spectacle attireront plus de
« peuple autour du lieu du supplice, l'impression sera plus générale et la loi plus respectée;
« 2° cette manière permettra au criminel de se présenter à la mort avec audace, d'affronter,
« en quelque sorte, la faux du temps qu'il verra suspendre sur sa tête. Les gazettes du len-
« demain détailleront toutes les circonstances avec gloire, et chaque héros moribond pourra
« au moins dire en périssant : *Non omnis moriar* ; 3° l'anatomie en retirera des avantages
« inappréciables ; 4° enfin, on pourra désormais parler impunément de corde devant tout le
« monde...

« Une grande difficulté s'est élevée sur le nom à donner à cet instrument. Prendra-t-on,
« pour en enrichir la langue, le nom de son inventeur? Ceux qui sont de cet avis n'ont pas eu
« de peine à trouver la dénomination douce et coulante de *guillotine*. Sera-ce celui du pré-
« sident qui prononcera le vœu de l'Assemblée à ce sujet? On aurait alors à choisir entre
« M. Coupé (1) et M. Tuault. On a observé que la mansuétude pastorale ne permettait pas
« à M. de Sabran d'accepter cette place; sans cela, il était assuré des voix de toute la
« noblesse. On ajoute qu'un nouveau candidat se présente pour avoir les honneurs de cette
« machine supplicielle. M. de Mirabeau s'est emparé jusqu'ici des motions qui ont porté les
« plus grands coups à la tyrannie. Ses essais si connus de jurisprudence criminelle lui
« donnent des droits incontestables au monument proposé. Avec un léger amendement, l'ho-
« norable membre pourrait prendre cette machine sous œuvre, et le nom de *mirabelle* rem-
« placerait, à la grande satisfaction des bons Français, celui de *guillotine*. »

Un membre de l'Académie française a déjà fait, à cette occasion, la chanson suivante sur
l'air grave du menuet d'Exaudet :

Guillotin,
Médecin
Politique,
Imagine, un beau matin,
Que pendre est inhumain
Et peu patriotique.
Aussitôt
Il lui faut
Un supplice
Qui, sans corde ni poteau,
Supprime le bourreau
D'office.

C'est en vain que l'on publie
Que c'est pure jalousie
D'un suppôt
Du tripot
D'Hippocrate,
Qui d'occire impunément
Même exclusivement
Se flatte.

_____

(1) J.-M. Coupé, curé de Sermaize, député de l'Oise.

> Le Romain
> Guillotin
> Qui s'apprête
> Consulte gens de métier,
> Barnave et Chapelier,
> Même le coupe-tête ;
> Et sa main
> Fait soudain
> La machine
> Qui simplement nous tuera,
> Et que l'on nommera
> Guillotine.

Le *Moniteur*, le grave *Moniteur*, n'oublie pas de mentionner les « applaudissements que la motion de Guillotin a reçus dans le sein de l'Assemblée constituante (1). »

Le même journal insère une lettre d'un correspondant anonyme qui se plaint avec juste raison des plaisanteries et des trivialités indécentes que certaines feuilles publiques se sont permises, à l'occasion de la mécanique à trancher la tête : « M. Guillotin, est-il dit dans cette « lettre, est peut-être le premier qui, dans une assemblée délibérante, ait parlé de supplices « avec humanité, et de leurs douleurs ignominieuses avec un véritable intérêt. L'innovation « de mettre la mécanique à la place d'un exécuteur qui, comme la loi, sépare la sentence du « juge, est digne des siècles où nous allons vivre, et du nouvel ordre politique dans lequel « nous entrons. Elle écarte un peuple adonné à un genre de spectacle dont il est honteux à « tout gouvernement de faire une ressource ; elle prépare enfin l'anéantissement du préjugé « qui flétrit, à la honte de la nation tout entière, toute une famille honnête par le supplice « que la loi prononce contre un criminel. A cette aurore d'une révolution bienfaisante qui « aura coûté quelques pleurs respectables, mais qui aura fait répandre tant de larmes feintes « et perfides, il s'élève de tous côtés une foule de projets et d'espérances (2). »

La *Gazette de Paris* (3) bat des mains sur « les grands principes de jurisprudence criminelle développés par Guillotin. »

Le *Journal de Paris* (4) vante « les sentiments d'humanité qui respirent dans la proposition Guillotin, et qui sont entrés facilement dans toutes les âmes. »

La *Chronique de Paris* (5) juge avec connaissance de cause, pour l'avoir vue à l'œuvre, la mécanique à décapiter, et reconnaît qu'elle est préférable aux autres genres de supplices : « Elle « ne souille point la main d'un homme du meurtre de son semblable, et la promptitude avec « laquelle elle frappe est plus dans l'esprit de la loi. qui peut souvent être sévère, mais qui « ne doit jamais être cruelle. »

Le *Courrier des LXXXIII départements*, rédigé par Gorsas (6), combat le principe de la peine de mort. — Le malheureux devait monter dans l'horrible charrette ; — mais après tout, puisque l'on veut tuer, autant le faire sûrement et promptement.

(1) *Moniteur*, 1er décembre 1789.
(2) *Moniteur*, 18 décembre 1789.
(3) 4 décembre 1789.
(4) No 336, 2 décembre 1789.
(5) 26 avril 1792.
(6) 23 mars 1792.

Enfin Prudhomme, dans ses *Révolutions de Paris* (1), se fait l'éloquent champion du respect pour la vie humaine, et il ne ménage pas ses sarcasmes contre « le simple mécanisme : »

« Cette motion, écrit-il, a été faite par le docteur Guillotin. La machine *qu'il a proposée* a « été appelée guillotine. On a fait à ce sujet une chanson sur l'air du menuet d'Exaudet. C'est « une douce correction que le public lui inflige. L'honorable membre a donné des preuves « assez fortes de son patriotisme pour que l'on doive oublier sa motion et la chanson : *Errare* « *humanum est.* »

Il n'est donc pas douteux que la machine à décapiter a reçu, dès son entrée dans le monde, le nom de *guillotine*, et que le docteur Guillotin, mû par les plus nobles sentiments, et bien éloigné de soupçonner les épouvantables désordres dont cette mégère devait se souiller, n'a pas hésité, peut-être, à signer son acte civil. On a tenté, comme on l'a vu, le nom assez joli de *Mirabelle* ; celui de *Louisette* ou *Louison*, en mémoire du secrétaire perpétuel de l'Académie de chirurgie, a fait aussi pendant quelque temps son chemin ; mais celui de *guillotine* est resté irrévocablement accroché à un homme de bien.

Ce n'est pas à dire, pourtant, que l'illustre médecin de Saintes ait été l'inventeur réel de l'instrument de mort tel qu'il a été construit, tel qu'il a fonctionné, soit sur les cadavres de Bicêtre, soit sur le cou de l'infâme Pelletier. Il n'est pas vrai de prétendre non plus, comme l'a assuré récemment M. Dubois (d'Amiens), que, dans cette lugubre affaire, tout appartient à Louis, « conception et exécution. » Nous avons suffisamment prouvé que Guillotin avait proposé le premier un simple mécanisme comme moyen de mettre à exécution les arrêts de mort, qu'il avait même *décrit* une machine destinée à cet effet, mais que l'on ne sait, son discours étant perdu, en quoi elle consistait.

Il reste maintenant à démontrer que Louis n'a non plus aucun droit à l'invention, et que son rôle, essentiellement scientifique, s'est borné à établir les bases anatomiques sur lesquelles devait reposer la construction d'un tel engin, et à constater, surveiller la bonté de l'ordonnance d'une machine inventée par un autre.

A l'époque où ces choses se passaient, il y avait à Paris un facteur de pianos qui avait acquis une grande réputation par la bonté de ses instruments, et qui devait en acquérir une plus grande encore par une foule d'inventions sorties de son cerveau ingénieux.

Il se nommait *Tobias Schmidt*.

C'est celui-là même qui écrivait ceci, le 29 septembre 1794, à la Convention :

« Citoyens représentants, je professe l'art du mécanicien-facteur de forte-pianos, mais j'aban« donne quelquefois cet art pour me livrer à des découvertes mécaniques utiles à l'humanité.

« Je suis l'inventeur d'une machine hydraulique avec laquelle on peut descendre dans l'eau « à quelque profondeur que ce soit, scier, clouer, percer des trous, attacher des cordages, « ramasser des choses au fond de l'eau, sans compression d'eau ni d'air, rester une demi-« journée sous l'eau, entretenir des conversations avec les personnes qui sont dessus.

« Je fais aussi hommage à la Convention d'une charrue qui exige moitié moins de force « pour la traîner....

(1) N° XXIV, du 29 novembre au 26 décembre 1789, p. 2.

« J'offre encore une échelle à pont, avec laquelle, dans les incendies, on peut secourir les
« personnes que le feu pourrait empêcher de descendre par l'escalier (1).... »

C'est encore Tobias Schmidt, « mécanicien, rue Thionville, au Musée, » qui avertit ses concitoyens qu'il vient d'inventer une cheminée particulière pour laquelle il lui a été accordé un
brevet, et qui coûtera 48 francs aux souscripteurs (2).

C'est lui, enfin, qui prend un brevet pour un gril aérien, et pour un piano-harmonica qui
« file et enfle les sons à volonté, de sorte que l'on entend le violon, la basse et l'alto ; et,
moyennant une nouvelle pédale, l'on peut jouer les morceaux de musique qui montent en six
octaves sur un piano de cinq octaves (3). »

Tobias Schmidt ne laissa pas sommeiller son génie inventif lorsque, après le décret du 3 juin
1791, le pouvoir exécutif fut amené à chercher à rendre facile et prompte l'exécution de l'article 3 du titre Ier du Code pénal, et il soumit à l'admiration du Directoire une machine à
décapiter.

Pauvre Schmidt ! Il ne se doutait pas des tribulations qui allaient lui incomber !... Car, si
sa machine parvint à couper le cou à Pelletier, ce ne fut pas sans quelques *desiderata*, puisque,
un mois après, le procureur général syndic invitait l'architecte Giraud à examiner la mani-
velle qui était présentement sur le flanc dans un magasin, et à lui en faire son rapport. Ce
rapport de Giraud nous est parvenu. Le voici :

« Paris, ce 5 juin 1792.

« M. le procureur général syndic du département m'ayant chargé, par sa lettre du 26 mai
« dernier, d'examiner la machine destinée à la décapitation, et de lui en faire un rapport
« séparé, je me suis transporté avec M. Jonquet dans le magasin où elle est renfermée. Nous
« en avons relevé exactement tous les détails, ainsi qu'ils sont mentionnés dans le mémoire
« ci-joint, et nous avons porté le prix à chaque pièce.

« Il résulte de cet examen et de notre appréciation deux choses principales : la première,
« que cette machine, quoique bien conçue en elle-même, n'est pas portée au degré de per-
« fection dont elle est susceptible, et qui, pour la tranquillité publique, devrait y être ajoutée.

« La seconde, que, dans les prix accordés, l'auteur trouve un bénéfice suffisant pour le
« dédommager du mérite de l'invention dans le cas où il serait chargé de la construction de
« toutes les machines qui sont nécessaires aux différents départements ; mais, s'il n'en était
« pas chargé, nous croyons qu'il serait juste de lui accorder une gratification.

« Cette machine a été faite avec tant de précipitation, qu'on n'a pas pu, sans doute, lui
« donner toute la sûreté et commodité nécessaires dans ses mouvements. Les coulisses, les
« languettes et les tourillons sont en bois ; les premières devraient être en cuivre, les secondes
« en fer ; les crochets auxquels sont attachées les cordes qui suspendent le mouton ne sont
« retenus que par des clous à tête ronde ; ils devraient l'être par de fortes vis à écrou.

« Il manque un marche-pied à la bascule ; les brides sont placées trop bas, ne sont pas
« assez solides, et sont trop ouvertes.

(1) *Moniteur, octedi*, 8 vendémiaire an III (29 septembre 1794).
(2) *Moniteur, primedi*, 1er nivose an VII (21 décembre 1799).
(3) Ce brevet est du 22 juillet 1803. Toutes les pièces qui s'y réfèrent, dessins, lettres, etc., se trouvent aux archives des brevets, Conservatoire des arts et métiers.

« Il faudrait avoir en réserve au moins deux moutons garnis de leur couteau, pour rempla-
« cer à l'instant celui auquel il pourrait arriver quelque accident.

« En un mot, si l'on payait à l'auteur une somme de 500 livres par machine pour faire
« tous les changements et les fournitures désirés, on ne doit pas douter qu'il s'en chargeât.

« Dans cette estimation, nous n'avons pas compris les faux frais qui ont pu être occasionnés
« pour les diverses épreuves qui ont été faites à Bicêtre, n'ayant aucun ordre ni renseigne-
« ment à cet égard.

« *N. B.* Une personne, dont l'architecte soussigné répond, s'offre de faire cette machine
« corrigée moyennant 500 livres.   GIRAUD. »

Il nous paraît inutile de reproduire ici le long devis dressé par Giraud. Il suffit de savoir
que, par une lettre de Rœderer (1), la machine Schmidt ne valait pas plus de 329 l. 7 s. 4 d. tout
compris...., même le sac de peau pour recevoir la tête, estimé à 24 livres.

Remarquons ce *N. B.* de Giraud : « Une personne dont je réponds s'offre à faire cette machine
corrigée moyennant 500 livres. » Il est gros de faits intéressants.

Schmidt, en effet, ayant fait agréer son système décollateur par Louis, et ayant même déjà
construit les machines de Paris, de Versailles et d'autres départements, voyait là une affaire
commerciale importante, puisqu'il s'agissait pour lui de la fourniture aux 83 départements ;
mais ses prix avaient paru trop élevés au Directoire, qui chercha de tous côtés un fabricant
moins exigeant.

Beaulieu, qui avait remplacé Clavière au ministère des contributions publiques, tint bon
compte du susdit *N. B.* de l'architecte Giraud, et écrivit à Rœderer :

« 5 juillet 1792. Avant d'arrêter les opérations confiées à M. Schmidt, il est nécessaire de
« prendre une soumission du nouvel entrepreneur qui offre de les faire moyennant 500 livres. »

Ce nouveau soumissionnaire était le menuisier Réné-Noël Clairin, qui signa l'acte suivant :

« Paris, ce 13 juillet 1792.

« Je soussigné, Réné-Noël Clairin, menuisier patenté, demeurant à Paris, Cour du Com-
« merce, passage Saint-André-des-Arts, section du Théâtre-Français, m'oblige et m'engage de
« faire et fournir, conformément au devis ci-dessus dressé par M. Giraud, architecte, les
« machines à décapiter moyennant le prix et somme de 500 livres pour chacune, même en
« comprenant la peinture. Je me soumets, en outre, d'en fournir trois pareilles par semaine,
« et de commencer la livraison des trois premières à la fin du présent mois au plus tard, et
« enfin de prendre les approvisionnements du sieur Schmidt d'après l'estimation qui en sera
« faite, sous la condition qu'il sera payé au sieur Schmidt, par le trésor national, le montant
« de l'estimation de ses approvisionnements, en avance sur les machines que je fournirais, et
« pour lesquelles je ne pourrai personnellement demander aucun payement qu'après en avoir
« livré une somme excédant celle revenant au sieur Schmidt ; à laquelle époque il me sera
« payé 500 livres pour chaque machine, au fur et à mesure de la livraison qui en sera par
« moi faite ; après qu'elles auront été dûment visitées et reçues par tel architecte qui sera
« nommé à cet effet.

« Fait à Paris, ce 13 juillet 1792, l'an IV de la liberté.   CLAIRIN. »

(1) 7 juin 1792. *Revue rétrospective*, p. 23.

« Je soussigné… Garnier, peintre patenté, demeurant à Paris, rue du Chaume, au Marais,
« déclare me rendre caution pour l'exécution des engagemens ci-dessus contractés par
« M. Clairin.

« A Paris, ce 13 juillet 1792, l'an IV de la liberté. GARNIER. »

Cinq cents livres chaque machine, « même en comprenant la peinture! » Rœderer ne se
tint pas de joie d'avoir pu obtenir du citoyen Clairin ce dernier coup de brosse! « Vous
« remarquerez, Monsieur, écrit-il au ministre des contributions (1), que j'ai fait contracter à
« l'entrepreneur l'obligation de fournir les machines peintes, ce qui n'entrait pas dans les
« conventions de Schmidt… On joindra à chaque machine une instruction qui indiquera les
« moyens de s'en servir… »

Pauvre Schmidt! le voilà déçu de ses espérances! le voilà supplanté par un raboteur de
planches! on ira jusqu'à lui refuser le mérite de l'invention, et le procureur général syndic
s'arrangera de manière à ce qu'il ne puisse pas prendre un brevet (2). Bien plus, la machine
Schmidt finit par ne plus bien remplir son rôle : l'exécuteur de Versailles se plaignit que le
tranchoir de Seine-et-Oise était de mauvaise trempe, qu'il était déjà ébréché, et qu'il y avait
à craindre qu'il ne survînt quelque mésaventure à l'occasion de cinq autres exécutions qui
devaient avoir lieu. A Paris même, dans la dernière semaine du mois de juillet 1792, la corde
qui retenait le mouton n'avait pas bien glissé dans les rainures en bois, et le cou de l'un des
patients n'avait pas été entièrement coupé…

Rœderer au ministre des contributions publiques.

« 28 juillet 1792.

« D'après la dernière lettre que j'ai eu l'honneur de vous écrire le 17 de ce mois, relativement à la machine destinée à l'exécution du supplice de la décapitation, je ne me serais pas
déterminé à vous adresser de nouvelles observations sur le même sujet, s'il ne me paraissait
important que vous soyez instruit de circonstances propres à faire sentir les imperfections de
la machine construite par M. Schmidt. A la dernière exécution qui a eu lieu cette semaine à
Paris, le cou de l'un des patients n'a pas été entièrement coupé, et la corde qui sert à élever
le mouton se retirant aussitôt qu'il est en place, ce n'est pas à elle que l'on peut attribuer cet
accident, mais vraisemblablement aux rainures qui se seront renflées. Cet inconvénient avait
été prévu dans l'origine par M. Schmidt lui-même, qui avait alors proposé de faire les coulisses en cuivre, et que son intérêt personnel a seul porté ensuite à éviter cette dépense…
L'exécuteur résidant à Versailles sort en ce moment des bureaux du département, où il a
d'ailleurs observé que le tranchoir de la machine du département de Seine-et-Oise était d'une
mauvaise trempe, qu'il étoit déjà ébréché, et qu'il craignait quelque accident pour l'exécution
de cinq personnes qui doit incessamment avoir lieu. Dans le cas où le tranchoir se casseroit
et même dans celui où il s'y feroit des brèches trop considérables aux premières exécutions,
le défaut d'un tranchoir de rechange contraindra peut-être à suspendre les suivantes, et il
est bien intéressant de prévenir dè pareils événemens.

« ROEDERER. »

---

(1) 13 juillet 1792, *Revue rétrospective*, page 28.
(2) Voir la lettre importante de Rœderer à ce sujet, 17 juillet 1792. *Revue rétrospective*, page 29.

A cette lettre, qui lui fut communiquée, notre facteur de pianos répondit par le mémoire suivant :

« *Réponse du sieur Schmidt aux faits contenus dans la lettre de M. le procureur général syndic du département de Paris, du 28 juillet 1792, l'an IV de la liberté, qui lui a été communiquée par ordre du ministre, relativement à la machine à décapiter :*

« Dans la dernière exécution qui a été faite à Paris, si elle n'a pas rempli le but que l'on doit en attendre, ce n'est nullement par l'imperfection de la machine, à laquelle il ne manque rien ; mais c'est faute d'une précaution de la part de l'exécuteur, qui n'a pas eu l'attention de réunir les deux bouts de la corde qui soutient le mouton, et de les tenir de manière à ce qu'ils ne puissent entraver son mouvement. Il n'a point eu cette attention, et la corde s'est trouvée prise entre le tranchoir et le croissant, et a empêché le mouton de tomber avec son poids naturel. Ce fait a eu pour témoin le public présent, et le frère de l'exécuteur, qui est venu chez moi dimanche 29 juillet, me l'a rapporté de même. Ainsi, en faisant un devoir sévère à l'exécuteur de se conformer à l'instruction qui lui a été donnée, tant sur cette corde que sur tout le mouvement de la machine, de pareils inconvénients ne se reproduiront plus.

« M. le procureur général syndic prétend que ce n'est pas à cette corde que l'on peut attribuer l'accident qui est arrivé, mais vraisemblablement aux coulisses qui se seront renflées. Pour détruire cette assertion, il suffit d'invoquer le témoignage public et celui du frère de l'exécuteur. D'ailleurs, si c'était aux coulisses qu'on doit l'attribuer, parce qu'elles se seraient renflées, il est probable que la seconde exécution qui s'est faite immédiatement aurait eu le même accident que la première. Il est donc démontré que c'est faute de précaution de relever la corde.

« A l'égard des coulisses que M. le procureur général syndic prétend que j'avais dans l'origine proposé de faire en cuivre, parce que, dit-il, je prévoyais l'événement qui a eu lieu, je crois M. le procureur général dans l'erreur sur ce fait, car je ne me rappelle nullement de la proposition dont il s'agit ; mais, en supposant que je l'aye faite et que j'eusse exécuté les coulisses en cuivre, cela n'empêcherait pas le bois de travailler ni les languettes du mouton de se renfler. . . . . . .

« L'on m'objecte encore qu'il faudrait un tranchoir de rechange pour obvier à l'inconvénient des brèches qui pourroient être faites à celui qui auroit servi à cette exécution. Je réponds à cela que, dans l'exécution, il est impossible que ce tranchoir reçoive la moindre atteinte ; il ne rencontre pas des os ; il ne rencontre pas même les vertèbres du col. Qu'est-ce qui fait ébrécher un tranchant ? C'est lorsque le moteur est variable, et que le tranchant tombe verticalement. *Par mon invention, il coupe obliquement,* ou, pour mieux dire, en sciant ; il ne peut s'ébrécher, surtout quand il ne rencontre que la chair. Cependant, on dit que la lame de Versailles est ébréchée ; ce n'est pas ma faute. Il y a environ quinze jours que l'on a fait des exécutions à Saint-Germain ; je m'y suis transporté ; je suis arrivé à l'instant précis où la garde nationale venoit de former le cercle. J'ai demandé à voir la machine qui devoit servir à ce terrible châtiment. J'ai remarqué qu'elle était mal montée. J'ai fait appeler le charpentier pour la faire remonter dans son vrai sens. J'ai fait descendre le mouton pour accrocher la corde comme elle devoit l'être, et l'exécution des deux criminels n'a pas duré plus de trois minutes. Après l'exécution, je suis remonté sur l'échafaud avec plusieurs spectateurs ; je vis la lame sans le moindre défaut. Donc, si cette lame s'est ébréchée hors des exécutions, je n'en dois pas être responsable ; mais, dans l'exécution, il est impossible, comme je l'ai dit, qu'elle reçoive la moindre atteinte. Les brèches dont il s'agit peuvent avoir été faites, soit en montant, soit en démontant la machine, par la chute du mouton, et ce n'est pas ma faute si on a manqué de précaution. Au reste, c'est à l'exécuteur, avant l'exécution, à voir si la machine est en état, à prendre toutes ses précautions pour s'assurer de tous ses mouvements ; s'il voit qu'il y a des craintes, il doit y remédier. Alors, jamais il ne peut survenir le moindre accident.

« Je le répète, cette machine répondra toujours au but que l'on en doit attendre, en ne négligeant pas les précautions requises.

« Fait à Paris, le 3 août 1792, l'an IV de la liberté. « SCHMIDT. »

Et jusqu'à ce pauvre diable de bourreau qui est mis en cause dans cette curieuse correspondance ! Lui, naguère *questionnaire*, appelé par sa noble charge à prélever de beaux bénéfices, particulièrement sur la fourniture des *écriteaux* de justice, le voilà réduit à couper de temps en temps quelques têtes. Le métier ne va plus ; il est dans la misère, et il implore un secours.

Au citoyen procureur général syndic du département de Paris.

« Citoyen,

« Nicolas-Charles-Gabriel Sanson (1), ci-devant questionnaire, se trouvant absolument dénué de tout secours nécessaire pour sa subsistance, les bons souiens que vous avez bien voulu prendre auprès du ministre de la justice, n'ayant encore eut aucun effet, il a recours à votre humanité pour qu'il vous plaise luy accorder un secours provisoir, son état présent le réduisant au plus déplorable, daigné le protéger, et le citoyen suppliant sera toute sa vie le plus heureux et le plus reconnaissant de tous les hommes. SANSON. »

Les « bons souiens » de Rœderer pour l'ex-questionnaire s'étaient, en effet, exprimés dans une lettre écrite à Garat, ministre de la justice, lequel répondit ainsi :

Aux administrateurs du département de Paris.

« Paris, le 17 novembre 1792, l'an Ier de la République française.

« Il n'est pas douteux, citoyens, que, d'après nos nouvelles lois criminelles, l'office de questionnaire dont était pourvu le citoyen Sanson ne soit aboli comme parfaitement inutile. Quant à la fourniture des écriteaux dont ce même fonctionnaire était chargé, je ne pense pas que ce soit un objet assez important en lui-même pour exiger la conservation d'un traitement public.

« Il me paraît juste, néanmoins, que la Nation subvienne aux besoins d'un malheureux citoyen qui se trouverait privé de tous moyens de subsistance par le préjugé attaché à la nature des fonctions qu'il remplissait. Le citoyen Sanson peut, à cet égard, adresser sa pétition à la Convention nationale, et je ne doute pas qu'elle n'y soit accueillie avec toute la faveur qu'elle peut inspirer à des législateurs justes et bienfaisants.

« Le ministre de la justice, « GARAT. »

(1) Il jouissait depuis treize ans de son état, ayant été nommé questionnaire le 11 décembre 1779, à la place de Jean-Baptiste Barré.

VI

COMME QUOI, POURTANT, LA GUILLOTINE N'A ÉTÉ INVENTÉE NI PAR GUILLOTIN,
NI PAR LOUIS, NI PAR SCHMIDT.

Guillotin, en donnant ou en laissant donner son nom à la machine à décapiter, a accepté une paternité qui ne lui appartenait pas, et que ne peuvent pas mieux revendiquer le chirurgien Louis et le facteur de pianos Tobias Schmidt.

Nous possédons une gravure portant la date de 1555, et qui est tirée d'un livre d'Achille Bocchi, intitulé : *Symbolicarum quæstionum libri* V (1). L'action qui y est représentée offre avec le supplice de la guillotine, je ne dirai pas une analogie, mais une similitude presque complète. A part les dimensions et quelques détails de construction, rien n'y manque. Voici les deux montants plantés sur un échafaud et maintenus par une traverse ; le couperet horizontal, retenu en haut, soit par une corde, soit par un crochet ; le bourreau est là, debout, la main gauche appuyée sur le sommet de la machine, prêt, soit à couper la corde qui retient le glaive, soit à faire agir un mécanisme quelconque qui provoque la chute. Dans le fond, à gauche, vous voyez les magistrats qui ont, sans doute, prononcé la sentence ; enfin, le malheureux condamné, les mains liées au dos, est entraîné à la mort par des soldats. Cette machine à décapiter, que Bocchi assure avoir été en usage chez les Spartiates, est beaucoup plus simple que la nôtre, et moins efficace : c'est une guillotine en embryon, dépourvue de la planche à bascule. Le condamné y était couché à plat-ventre sur la plate-forme ; son cou reposait entre les deux montants ; le couperet, en tombant avec son tranchant rectiligne et horizontal, devait produire des hachures épouvantables... ; mais, en 1555, on n'y regardait pas de si près...

On connaît encore trois autres gravures antérieures à celle de Bocchi : l'une de George Pentz, mort en 1550 ; l'autre de Aldegrever, portant la date de 1553 ; la troisième de l'Allemand Lucas Cranach, mort en 1553. Les deux premières représentent le supplice de Titus Manlius : le condamné était obligé de s'agenouiller et de fixer lui-même sa tête entre les deux montants, car il n'était pas attaché, et son corps ne reposait sur rien ; le fer était suspendu à une forte chaîne en fer (2).

Or, cette machine à décapiter, si bien décrite par le Bolonais Bocchi en 1555, gravée par Pentz, Aldegrever et Cranach entre les années 1550 et 1553, le père Labat, religieux dominicain, qui passa dix ans en Italie (1706-1716), la retrouve à cette époque fonctionnant dans ce pays sous le nom de *Mannaya*, mais fonctionnant seulement pour les gentilhommes et pour tous ceux qui jouissaient des priviléges de la noblesse (3).

Ce n'est pas tout :

(1) Bologne, 1555, in-4°. *Ibid.*, 1574, in-4°.
(2) Voir Bibliothèque nat., estampes, œuvres de Aldegrever.
(3) *Voyage du P. Labat en Espagne et en Italie.* Paris, 1730, in-12, t. VII, p. 21.

Remontons encore plus haut que Bocchi, Pentz, Aldegrever et Cranach, et interrogeons Jean d'Anton, chroniqueur du roi de France Louis XII : il parle, au 13 mai 1507, du supplice de Demetrio. L'instrument ne fut pas autre chose qu'une guillotine (1) que l'on voit encore fonctionner à Toulouse, le 30 octobre 1632, sur le cou de Henri de Montmorency, maréchal de France. « Doloire entre deux montants de bois maintenue par une corde. On lâche la corde, et cela descend et sépare la tête du corps (2). »

Enfin, dans le mois de mars 1578, un membre de la puissante famille de Douglas, Jacques, comte de Morton, le plus terrible des régents d'Ecosse, condamné à mort comme coupable de haute trahison, eut l'honneur d'essayer sur lui-même une machine qu'il avait importée du comté d'York, en Ecosse. C'était la *Maiden* ou autrement dit la *Fille*, la *Servante*, expressions par lesquelles on avait l'habitude de désigner un coupe-tête depuis longtemps en vigueur en Angleterre. On disait : *The Maiden* (la Servante), comme on disait : *The Widow* (la Veuve) pour désigner la potence. Le coupable était ajusté sous une hache affilée surmontée de plomb et suspendue à une corde roulant sur une poulie. Le bourreau, en lâchant la corde, précipitait la hache, qui décapitait le condamné (3).

Cette machine était si bien connue à cette époque en Angleterre, que Cambden en a donné la gravure dans son *Britannia* (édition de 1722) ; que Walter Scott l'a décrite dans son *Histoire de l'Ecosse* (1re série, chapitre IX), et qu'un savant naturaliste et antiquaire, Thomas Pennant, en visitant une des salles basses du parlement d'Edimbourg, vit l'instrument démonté, couché dans un coin, comme démodé (4).

On voit par ces citations que nous avions bien raison de dire que Guillotin ne fut pas le père de la guillotine. Les Spartiates, au dire de Bocchi, en faisaient usage il y a quelques milliers d'années ; les Italiens se l'appliquaient à eux-mêmes au XVIe siècle, pourvu qu'ils fussent nobles ; l'Angleterre ne dédaignait pas de couper le cou par son moyen à de grands personnages, et de l'offrir aux condamnés qui pouvaient avec quelques écus se l'offrir. Guillotin, sans aucun doute, avait lu la description si exacte que le P. Labat donne de la *Mannaya* ; mais il trouva dans la construction de cet appareil de nombreuses imperfections, et il voulut doter la France régénérée d'un engin plus prompt, encore plus efficace et plus indépendant de la volonté du condamné. Il s'aboucha avec un homme plus compétent que lui en fait d'anatomie et de vertèbres du cou. Il demanda au secrétaire perpétuel de l'Académie de chirurgie de l'aider de ses lumières et de son expérience. Au reste, sa qualité de représentant du peuple ne lui permettait guère de descendre dans ces détails de coutellerie et de menuiserie. Enfin, Louis initia le mécanicien Schmidt à quelques mystères scientifiques.

(1) *Chronique de Jean d'Auton*, etc., édit. de L. Jacob. Paris, 1835, in-8°, t. IV, p. 54.
(2) *Mémoires de Puységur*, édit. de Du Chesne. Paris, 1690, t. 1, pages 137, 138.
(3) J.-M. Dargaud, *Histoire de Marie Stuart*. Paris, 1850, in-8°, t. II, pages 89 et 90.
(4) *Pennant's Tour*, t. III, p. 365. Voir encore : *Le voyageur français*, par l'abbé Delaporte. Paris, 1774, in-8°, t. XIX, pages 317 et 318.

VII

JOSEPH-IGNACE GUILLOTIN.

Guillotin... ! Ce nom éveille de suite, dans la pensée, l'idée de l'affreuse machine qu'il a servi à baptiser ; il est inséparable de l'engin de destruction dont une expérience bien chèrement acquise nous a appris à avoir horreur ! Le peuple surtout, peu soucieux des droits de l'histoire, ne voit dans Guillotin que l'inventeur brutal, le mécanicien qui a appris aux hommes à couper facilement le cou de leurs semblables. Il ne saisit pas l'élément vraiment philosophique qui a guidé cet homme de bien, ni les vues élevées dont il s'est fait l'éloquent avocat. Pendant vingt-cinq ans, le célèbre député de Paris a entendu grincer autour de lui ce bruit sec de Guillotine ; il a assisté aux orgies épouvantables de l'affreuse *maiden* ; le « simple mécanisme » destiné aux grands coupables a fait sentir son tranchant à de nobles victimes ; entraîné, dominé par les événements extraordinaires qui ont signalé la fin du XVIIIe siècle. Guillotin a vu s'appesantir sur lui une sorte de fatalité inexplicable ; et son âme, déjà endolorie par tant d'illusions perdues, a bu encore à une coupe plus amère, lorsque, par une aberration incroyable, le genre de supplice qu'il avait imaginé et proposé au profit des principes éternels de la morale, de la légalité et de l'humanité, fut signalé par une science déviée de sa voie comme le genre de mort le plus douloureux.

Joseph-Ignace Guillotin naquit à Saintes, département de la Charente-Inférieure, le 28 mai 1738, et fut baptisé le lendemain dans l'église Saint-Pierre de cette ville (1). Son père, Joseph-Alexandre Guillotin, était un avocat accrédité ; sa mère était une demoiselle Catherine-Agathe Martin.

On manque de détails sur les premières années de sa vie. On sait seulement qu'il alla faire ses études préliminaires à Bordeaux, et qu'il fut reçu maître ès arts au collége d'Aquitaine, le 11 décembre 1761. On assure encore qu'il fut, pendant plusieurs années, professeur au collége des Irlandais, et que les jésuites, séduits par son heureux prénom d'Ignace, l'avaient attiré à eux en faisant luire à ses yeux un avancement rapide. Ils avaient été, il faut le dire, bien peu clairvoyants, et ils n'avaient pas deviné ce caractère fier, indépendant, incapable de vendre sa volonté, son moi, au profit d'une association monstrueuse qui avait inscrit cette maxime sur son drapeau : *Perinde ac si fuisset cadaver.*

Guillotin résolut de se consacrer à l'étude et à la pratique de la médecine, profession qui

---

(1) Je dois à l'obligeance de M. le maire de Saintes l'expédition de l'acte de baptême de Guillotin. Le voici :

« Le 29me may 1738, Joseph Ignace, né du 28 du courant, fils légitime de M. Joseph-Alexandre Guillotin, avocat en la Cour, et de D^{lle} Catherine-Agathe Martin, son épouse, a été baptisé en cette église. Le parain a été le s^r Joseph-Ignace Guillotin, écolier, et la maraine, Mlle Marguerite Guillotin, frère et sœur de l'enfant, en présence des soussignés :

« Ignace-Alexandre Guillotin ; Marguerite Guillotin ; Guillotin ; Guillotin, *loco rectoris.* »

convenait si bien à la douceur de son caractère, au talent d'observation dont il était doué, et à son ardent amour de l'humanité.

Rassemblant ses ressources patrimoniales, il se rendit à Reims, et y acquit le grade de docteur en médecine le 7 janvier 1768.

Mais l'approbation d'une Faculté secondaire ne pouvait suffire à un esprit aussi élevé. D'ailleurs, Paris, centre de ce qu'il y avait d'hommes célèbres dans les sciences et les arts, attirait comme malgré lui le jeune homme.

Guillotin abandonne donc la capitale Champenoise, et débarque à Paris l'année, le mois qu'il avait été doctorifié à Reims.

Il apprend que, parmi les maisonnettes que la Faculté de médecine possédait autour de ses écoles de la rue de la Bûcherie, il y en avait une, bien modeste, qu'elle louait volontiers pour diminuer d'autant les charges qu'elle avait à supporter. Notre jeune homme fait des démarches, adresse une requête au doyen, Pierre Bercher, et a le bonheur d'obtenir cette location au prix de 324 livres par an (1).

Il apprend, en outre, qu'un ancien docteur régent des Écoles, Jean de Diest, avait, par son testament du 18 septembre 1756, légué une somme de 60,000 livres, à la condition que tous les ans la Faculté de médecine de Paris, après un concours, adopterait, en quelque sorte, un candidat comme son enfant, et le conduirait sans frais jusqu'à la régence.

Guillotin voit là une très-belle occasion d'alléger les sacrifices faits par son père pour son éducation ; il travaille avec ardeur, et, le 27 février 1768, ses maîtres le proclament pupille de la Faculté de médecine de Paris, avec dispense de tous les droits attachés à l'obtention des grades (2).

Le 27 août 1770, le noble jeune homme était reçu licencié et proclamé tel, suivant l'usage, par le chancelier de l'Église de Paris ; et, le 26 octobre suivant, il recevait des mains de Poissonnier le bonnet de docteur en médecine.

Il ne quitta pas pour cela le toit hospitalier de la célèbre compagnie, car nous le voyons encore occuper en 1777 la petite maison, dite *maison Marteau*, à cause d'une veuve Marteau qui s'y était abritée pendant bien des années (3).

Nous passons rapidement les quatorze années qui suivirent le doctorat de Guillotin, et qui ne sont guère signalées, en ce qui le concerne, que par le rôle qu'il joua au sein de la commission nommée par le roi pour donner son avis éclairé sur le prétendu magnétisme animal, et pour se prononcer définitivement sur le mérite d'une découverte dont on disait à la fois tant de bien et tant de mal. Il est à croire que l'esprit si net, si précis et si pratique du médecin de Saintes ne contribua pas peu à mettre à nu les absurdités Mesmeriennes et Deslo-

(1) Cette location est du 7 novembre 1767. Voir Reg. manus. de la Fac., t. XXIII, p. 193.
(2) Reg. manus. de la Faculté, t. XXIII, p. 203.
(3) Guillotin resta donc neuf ans locataire de l'Ecole de médecine de Paris (1768 à 1777). Puis on le voit demeurer successivement :
1778 à 1781, rue Montmartre, en face la rue du Jour.
1782 à 1789, rue des Bons-Enfants.
1790, rue Croix-des-Petits-Champs, hôtel de Gesvres.
Vers 1800, rue Saint-Honoré, n° 533, au coin de la rue de la Sourdière. C'est là qu'il mourut.

niennes, et à limiter toutes les prétendues merveilles du magnétisme à la puissance de l'imagination. Mais la Révolution, encore à l'horizon, grondait sourdement.

Guillotin, ami des hommes et de la liberté, adopte avec une foi ardente les principes nouveaux que proclament d'ailleurs, avec enthousiasme, des esprits instruits et éclairés de toutes les classes de la société.

Dans ce premier acte de ce drame immense qui doit se jouer en France, il débute, lui presque ignoré, par un coup de maître qui va d'un seul bord le lancer dans le tourbillon.

On range, en effet, et avec raison, sa *Pétition des citoyens domiciliés à Paris* comme la première de toutes ces professions de foi qui préparèrent le grand mouvement revolutionnaire (1).

Guillotin a dû marquer d'une croix blanche ce premier pas qu'il fit dans la voie qui le conduisit à la célébrité.

Le 26 avril 1789, les électeurs se rassemblaient à l'Archevêché, sous la présidence de Target, et le nommaient secrétaire avec Bailly.

Le lendemain, ils le chargeaient comme commissaire de la rédaction des cahiers, avec Marmontel, Lacretelle et d'autres.

Et le 5 mai, jour mémorable de l'ouverture des États généraux, notre médecin siégeait à Versailles comme le dixième député de Paris.

On a vu précédemment le rôle que Guillotin a joué dans le sein de l'Assemblée nationale relativement aux réformes à apporter dans la jurisprudence criminelle et le Code pénal, ainsi que la part active et incontestable qu'il a prise dans l'adoption par les représentants du peuple de la machine à décapiter.

Mais là ne se sont pas arrêtés les travaux du digne député de Paris, et s'il n'a pas à son bilan, comme les Mirabeau, les Vergnaud, les Danton, etc., ces admirables discours, ces grands effets de tribune qui ont placé ces derniers au premier rang des orateurs, satisfait d'un rôle plus modeste, mais peut-être d'une utilité moins contestable, il s'est toujours trouvé prêt lorsqu'il fallait, soit proposer des mesures d'utilité publique, soit faire servir son mandat de député à combattre l'anarchie et la guerre civile.

Voici, en effet, en le suivant pas à pas dans les deux années et demie qu'il siégea parmi les représentants de la nation, les différents actes auxquels il s'est trouvé mêlé, ou qui furent dus à son initiative. Nous les indiquons dans leur ordre chronologique.

Le 19 juin 1789, il est nommé membre du Conseil de règlement.

Le 29 juin, il signe le serment du Jeu de paume de la rue Saint-François à Versailles. Le même jour, il fait une motion tendant à modifier un peu la disposition matérielle de la salle de l'Assemblée. L'air qu'on y respire est pesant, pestilentiel ; les députés ne peuvent manquer de s'en trouver incommodés. D'un autre côté, les bancs sont dépourvus de dossiers; les représentants doivent souffrir pendant des séances qui durent douze et quatorze heures. L'Assem-

(1) Cette brochure, devenue extrêmement rare, est datée du 8 décembre 1788, et a été imprimée par Clausier, imprimeur du roi, rue de Sorbonne; elle est sous forme in-4° et contient 20 pages. Adoptée et signée le 8 décembre 1788 par les six corps des marchands, la pétition fut déposée chez tous les notaires de Paris, pour y recevoir les adhésions.

blée écoute avec attention ces observations, et charge celui qui les a émises de présider à tous les changements nécessaires à la construction de la salle et à la distribution des banquettes.

Le 13 juillet 1789, Guillotin, au nom des électeurs de Paris, lit une pétition dans laquelle l'Assemblée nationale est priée d'ordonner le rétablissement de la garde bourgeoise, unique moyen de faire cesser les troubles qui désolent la capitale.

Le 16 juillet, il fait partie de la députation chargée de se rendre à Paris pour rétablir l'ordre.

Le 4 août, il est nommé secrétaire du 17ᵉ bureau.

Le 28 août, il prend une part active dans la discussion sur l'organisation des pouvoirs du gouvernement.

Le 11 septembre, sur la question de savoir si le roi peut refuser son consentement à la Constitution, Guillotin soulève un autre point : Pendant combien de temps durera la suspension ? Sera-ce pendant une ou plusieurs législatures ? L'Assemblée comprend l'importance qu'il y a à résoudre cette question, et, par 728 voix contre 224, elle déclare que la suspension cesse à la première législature.

Le 5 octobre 1789, le médecin de Saintes est envoyé en députation chez le roi pour le prier de donner son acceptation pure et simple à la déclaration des Droits de l'homme.

Le 6 octobre, il accompagne le roi à Paris.

Les 10 et 11 du même mois, sa qualité de médecin et d'hygiéniste fait que l'Assemblée le choisit, avec cinq autres membres, pour chercher à Paris un local propre à recevoir les mandataires de la France. La chose n'était pas facile. La commission ne visite pas moins de dix-neuf établissements, qu'elle mesure avec soin, et dont elle détermine la capacité. Le Panthéon (rue de Rohan), le Wauxhall (rue de Bourgogne), le salon des tableaux du Louvre, le Val-de-Grâce, l'Assomption, les Invalides, la Sorbonne, la Bibliothèque, l'église des Augustins, la Halle aux Blés, la Halle aux Draps, le cirque du Palais-Royal, la galerie du Louvre, l'École de chirurgie, etc., sont tour à tour visités par nos représentants, qui se décident pour la chapelle de l'Archevêché. C'est là, en effet, que l'Assemblée nationale, attirée par la volonté du peuple, tint sa première séance (19 octobre 1789), pour aller, vingt jours après, promulguer ses décrets dans la salle du manége des Tuileries.

En février 1790, Guillotin est nommé secrétaire.

La même année, il propose l'établissement d'un Comité de santé qui serait composé de médecins députés à l'Assemblée nationale, et de dix autres membres nommés au scrutin de liste dans les bureaux. Ce Comité aurait eu pour mission de s'occuper de tout ce qui est relatif à l'enseignement et à la pratique des établissements salutaires dans les villes et les campagnes. Guillotin fut ici, comme toujours, écouté avec bienveillance ; mais, d'abord adoptée, sa motion finit par être rejetée (15 septembre 1790) sous les coups que lui porta Larochefoucauld-Liancourt.

Le 17 juillet 1790, il est nommé pour assister à l'oraison funèbre de Franklin, mort le 17 avril précédent.

Ç'a été le dernier acte de Guillotin comme mandataire de la France régénérée.

Dans un ouvrage publié en 1789, *La galerie des Etats-Généraux*, le caractère public de

Guillotin, caché sous le nom de Tigellin, est si bien dessiné qu'on nous saura gré d'en détacher quelques fragments :

« Tigellin ne songe ni à conquérir des suffrages, ni à jeter les fondements d'une réputation;
« convaincu que la pétulance, le désir de briller, caractérisent certaines nations, il conserve
« un sang-froid inaccessible aux accès contemporains, et, sans jamais se départir de ses prin-
« cipes, il marche au but... Il compte pour peu de chose le fracas de l'éloquence, l'honneur
« de rédiger des motions; mais quand il a mûri longtemps une idée, il la propose, l'explique,
« en démontre l'utilité, et peu lui importe que ses rivaux la revêtent de leur coloris et la
« donnent pour le fruit de leurs méditations politiques... Il sait que le vulgaire prend la timi-
« dité pour l'impuissance, la modération pour la médiocrité, la sagesse pour l'inexpérience;
« mais, comme il aspire à être un citoyen utile et non un homme d'Etat, à servir son pays et
« non à se faire une réputation, il abandonne le public à ses jugements erronés et, sans les
« mépriser, il s'en passe. »

Voilà, tracé de main de maître par un contemporain, le portrait moral de Guillotin; voilà l'homme qu'une fatalité inconcevable a rivé pour toujours à une machine de destruction!

La fin de l'Assemblée nationale ou Constituante (29 septembre 1791) a vu aussi la fin de la carrière politique de Guillotin.

On se rappelle que le principe de la décapitation des condamnés à mort avait été adopté le 3 juin 1791, alors que le médecin législateur siégeait encore sur les bancs de la représentation nationale; mais on n'a pas oublié que la fameuse consultation de Louis, secrétaire perpétuel de l'Académie de chirurgie, — premier pas réel fait vers la construction de la lugubre machine, — ne date que du 7 mars 1792. Guillotin n'est plus député; il est rentré dans la vie privée, et s'il obéit à l'invitation que lui fit Rœderer de donner son avis sur le mode de décollation (10 mars 1792), ce n'est qu'à titre officieux, et afin d'aider le pouvoir des longues études et des réflexions qu'il avait faites sur ce sujet.

Oh! combien il a dû souffrir, lui témoin, pendant tant d'années, des orgies de la Mannaya! Qui aurait pu croire que sa filleule, si bien élevée, entourée de tant de soins, sujet de tant de sollicitude, dégénérât au point de devenir une affreuse mégère, toute ruisselante de sang et d'assassinats?

Aussi, notre médecin-philosophe resta-t-il dans l'ombre durant la tourmente révolutionnaire. Inquiété, incarcéré au temps de la Terreur, mis en liberté au ix thermidor, il ne s'occupa plus, même pendant la République dictatoriale, que de l'exercice de sa profession. Son savoir, son affabilité, une grande variété de connaissances, un discernement très-fin, lui acquirent la confiance de plusieurs personnes distinguées.

Si le nom de Guillotin se lit encore dans les feuilles publiques révolutionnaires, ce n'est que pour une misérable question de patente, à laquelle l'ex-représentant croyait de sa dignité de pouvoir se soustraire comme docteur régent, professeur à la Faculté de médecine de Paris. La *Chronique de Paris* a fait connaître à ses lecteurs ce débat, qui fut porté devant le tribunal des Petits-Pères, et qui donna lieu à une lettre écrite à cette feuille par Rœderer, procureur général syndic du département (1).

(1) Voir *Chronique de Paris*, 26 avril 1792.

Mais si Guillotin resta pour toujours étranger à l'agitation de la vie publique, ses tendances, la bonté de son cœur et son amour pour le bien public, le portèrent à s'occuper encore de tout ce qui pouvait servir l'humanité.

L'inoculation variolique et la vaccine appelèrent son attention.

Chose remarquable, et qui prouve combien était droit le sens pratique de l'ex-représentant du peuple, jamais il n'approuva cette méthode bizarre par laquelle, pour se préserver de la petite vérole, on avait imaginé de s'inoculer la maladie.

Mais Guillotin devina de suite tout ce qu'il y avait de fécond et d'éminemment providentiel dans l'annonce que Jenner fit au monde (juin 1798) de la découverte du cow-pox, de cette goutte de liqueur provenant du pis des vaches, et qui, inoculée à nos petits enfants, les préserve de cette horrible maladie appelée la variole. Aussi fut-il nommé président du *Comité de vaccine* créé à cette occasion, et en cette qualité, le 2 mars 1805, il se rendait auprès du pape, alors à Paris, et, dans un magnifique discours, implorait la bénédiction du souverain Pontife sur la vaccine (1).

Guillotin fut moins heureux dans la fondation de son *Académie de médecine*, c'est-à-dire d'une association de médecins recrutés spécialement parmi les nobles débris de l'ancienne Faculté, et qui eût eu pour mission de s'occuper de toutes les questions qui pouvaient intéresser l'hygiène publique et la sécurité des hommes. Les travaux de cette Société ont laissé peu de traces, bien que ses membres fussent animés du plus grand zèle, et Guillotin n'a jamais pu, non-seulement lui créer un organe quelconque de publicité, mais encore la faire reconnaître officiellement, ou lui trouver un lieu fixe pour ses réunions. Si l'on voulait saisir au vol quelques signes de vie de cette Académie, il faudrait interroger les voûtes de l'Oratoire, qui ont été pendant quelque temps témoins des efforts du médecin de Saintes pour faire marcher son œuvre.

JETON DE L'ACADÉMIE FONDÉE PAR GUILLOTIN.

Joseph-Ignace Guillotin mourut à Paris, le 26 mars 1814, à trois heures du soir, rue Saint-Honoré, au coin de la rue de la Sourdière. Je ne sais où reposent ses cendres. On ne lira pas sans intérêt son acte de décès, qui est conçu en ces termes :

« Du vingt-six mars mil huit cent quatorze, à trois heures du soir. Acte de décès de Mon-
« sieur Joseph-Ignace Guillotin, décédé ledit jour, à trois heures du soir, rue Saint-Honoré,
« n° 533, quartier des Tuileries, docteur en médecine, âgé de près de soixante-seize ans, né
« à Saintes, département de la Charente-Inférieure, marié à dame Marie-Louise Saugrain (2).

(1) Ce discours a été imprimé par ordre du ministre de l'intérieur, in-8°, 4 pages.
(2) Voir l'acte de ce mariage, Arch. du départ. de la Seine, paroisse Saint-Victor.

« Constaté par nous, Antoine-Charles Roye, maire du premier arrondissement de Paris,
« faisant les fonctions d'officier de l'état civil, sur la déclaration à nous faite par Messieurs
« Joseph-Raimond Plassan, imprimeur, âgé de trente-un ans, rue Vaugirard, n° 17, neveu
« du défunt, et Augustin-Pierre Rousseau, ecclésiastique, âgé de cinquante-trois ans, rue du
« Foin-Saint-Jacques, n° 18.

« Et ont signé avec nous après lecture,

« PLASSAN,   ROUSSEAU,   ROYE. »

Ce fut le 14 juillet 1787 que Guillotin épousa Marie-Louise Saugrain, qui appartenait à une
famille notable de libraires de Paris, étant fille d'Antoine Saugrain, maître libraire, et de
Marie Brunet. Il n'en eut pas d'enfants.

Cette date du 14 juillet fut doublement mémorable pour Guillotin : ce fut celle de son
hymen; ce fut aussi un 14 juillet qui le lança dans la célébrité.

VIII

LES CRIMES DE LA GUILLOTINE

Il y aurait un livre à faire; ce serait celui qui essayerait de répondre à cette question : *De l'influence de la guillotine sur la marche de la Révolution*. On se demande si cette mécanique à couper des têtes, qui montre partout ses deux longs poteaux rouges dans l'immense régénération sociale de la France, a suffi pour imprimer à cette grande époque le caractère sanguinaire qui la marque au front. En d'autres termes, si la guillotine n'avait pas été inventée, l'histoire aurait-elle à déplorer les monstrueux excès de 93 ?

Eh bien, je crois fermement que la *maiden* n'est pas même digne de ce triste honneur, et que 93 se fût très-bien passé de ses services; on a de la peine à se persuader que les résistances opiniâtres et insensées que le vieux monde opposait au nouveau n'ont fléchi que devant l'ingénieux et expéditif instrument de mort, et que Guillotin a été, sans s'en douter, la cause première et innocente de la notoriété que se sont acquise les Sanson. Sans doute, la *maiden,* en domestique dévouée à ses maîtres, et esclave de leurs volontés, a fait tout ce qui était en son pouvoir pour leur être agréable ; mais il est arrivé plus d'une fois que la vigueur lui a fait défaut, et qu'on dut momentanément la remplacer par les fusillades, les mitraillades, les noyades et les sabrades. D'ailleurs, n'a-t-on pas eu l'idée de lui donner son compte et de lui substituer une autre servante beaucoup plus alerte, qui eût fait, dans le même espace de temps, quatre, cinq ou six fois la besogne? Bien plus : on finit par s'habituer tellement à la mécanique, qu'elle ne provoqua plus que des rires et des chansons, et que, pour ne pas se séparer d'elle, on porta son portrait en guise de broches, de breloques, de bagues ou de boucles d'oreilles.

C'est à un point qu'un libraire facétieux de la rue Saint-Jacques choisit pour attirer les chalands cette magnifique enseigne :

A NOTRE-DAME DE LA GUILLOTINE.

Quoi qu'il en soit, la guillotine a fait malheureusement trop parler d'elle, et elle a à son bilan des crimes affreux qui ternissent à tout jamais sa réputation.

On n'a jamais su positivement le nombre de victimes qu'elle a faites, même seulement à Paris, durant les vingt-trois mois de son brillant règne, c'est-à-dire depuis le 17 août 1792, qu'elle a été définitivement plantée par le Tribunal criminel, jusqu'au IX thermidor qu'elle a inauguré en tombant lourdement sur le cou de son actif et implacable pourvoyeur.

J'ai dépouillé avec soin le *Répertoire* de Clément (1), recueil curieux, dont l'intérêt est encore rehaussé par une gravure représentant Marie-Antoinette devant ses juges, une main levée au ciel, l'autre placée sur son cœur, et protestant ainsi contre l'épouvantable calomnie

---

(1) *Répertoire des jugements rendus par le Tribunal révolutionnaire*, etc. Paris, an III, in-12.

qui cherchait à la frapper dans son honneur de femme et de mère. Voici donc le tableau que fournit Clément :

	ACCUSÉS.		EXÉCUTÉS.		ACQUITTÉS.		CONDAMNÉS à diverses peines.	
	H.	F.	H.	F.	H.	F.	H.	F.
Tribunal criminel établi par la loi du 17 août 1792.	60	13	20	1	17	5	23	7
	73		21		22		30	
Commission militaire établie par la loi du 20 octobre 1792	13	0	9	0	4	0	0	0
Tribunal révolutionnaire établi le 10 mars 1793.	718	92	257	33	428	53	34	5
	810		290		481		39	
Totaux partiels.	791	105	286	34	449	58	17	12
Totaux généraux.	896		320		507		69	

Mais le sombre catalogue de Clément s'arrête au 18 janvier 1794, et la *maiden* avait encore plus de six mois à parcourir une carrière de sang et de carnage. Elle eut à elle sa tribune, son journal, et les Parisiens pouvaient savoir en se couchant, par une liste générale qui se hurlait dans les rues, le nombre des malheureux qui dans la journée avaient « mis le nez à la fenêtre » avaient « éternué dans le sac. » Cette *liste* (1) fournit par l'analyse le résultat suivant, qui comprend l'espace compris entre le 26 août 1792 et le 9 thermidor (27 juillet 1794) :

Place du Carrousel.   25
Place de Grève.   9
Place de la Révolution.   1218
Barrière Saint-Antoine.   97
Barrière Renversée (du Trône).   1284

Total. . .   2633

parmi lesquels je compte 334 femmes. Cela n'est que pour Paris, bien entendu ; mais dans les départements, grâce aux Carrier et aux Fouché, les fournées, les charretées allèrent leur train, et Prudhomme, dans son *Dictionnaire* infernal a porté à 18,613 le nombre général des malheureux guillotinés sabrés, noyés ou mitraillés.

Au reste, il y avait à Paris un cimetière plus spécialement consacré à recevoir tous ces corps sans têtes : c'était celui de l'église de la Madeleine de la Ville-l'Evèque, sur l'emplace-

(1) *Liste générale et très-exacte des noms, âges, qualités et demeures de tous les conspirateurs qui ont été condamnés à mort par le Tribunal révolutionnaire établi à Paris, par la loi du 17 août 1792, et par le second Tribunal, établi à Paris par la loi du 10 mars 1893.* Paris, l'an deuxième de la République, in-8°, publication périodique.

ment duquel a été élevé, à la mémoire de Louis XVI, le monument funéraire connu sous le nom de *Chapelle expiatoire*. Les charrettes, après avoir porté les victimes vivantes sur la place du Carrousel, sur celle de la Révolution (ci-devant Louis XV), à la barrière Renversée (barrière du Trône), ou à la barrière Antoine, en face de la Bastille, les rapportaient décapitées au cimetière de la Madeleine. Puis, plus tard, ce cimetière est vendu comme bien national; il tombe entre les mains d'un sieur Olivier Descloseaux, ex-avocat. Descloseaux veut savoir le nombre et les noms de tous les infortunés dont son terrain recèle les os; il en trouve la liste je ne sais où, et il publie ce sombre catalogue. J'ai vu, feuilleté ce livret, qui suinte le sang, et qui porte ce titre :

Liste des personnes qui ont péri par jugement du Tribunal révolutionnaire depuis le 26 août 1792 jusqu'au 13 juin 1794, et dont les corps ont été inhumés dans le terrain de l'ancien cimetière de la Madeleine situé rue d'Anjou, faubourg Saint-Honoré, appartenant à présent à M. Descloseaux, comme on le verra par son certificat ci-joint; in-8° de 51 pages.

CERTIFICAT.

« Je soussigné, Pierre-Louis-Olivier Descloseaux, ancien avocat, propriétaire du véritable
« cimetière de la Madeleine de la Ville-l'Evêque, situé rue d'Anjou, faubourg Saint-Honoré,
« n° 48, ayant pris communication d'une liste des victimes frappées du glaive de la loi, à la
« place de la Révolution et autres endroits, depuis le 10 août 1792, et transportées audit
« cimetière, certifie qu'elle contient les noms de ces infortunés péris depuis ce jour jusqu'aux
« premiers jours du mois de mai 1794, et qu'elles ont été déposées, ainsi que le corps du
« roi saint Louis second et de la reine, son épouse, dans les endroits indiqués sur le plan,
« avec les renseignements numérotés sur ledit plan du terrain dudit cimetière, laquelle
« déclaration j'ai donnée sur la demande qui m'en a été faite par différentes personnes des
« familles intéressées. Dont acte, à Paris, ce quatre juin dix-huit cent quatorze.

« Olivier DESCLOSEAUX. »

Malheureusement, le plan indiqué par l'heureux propriétaire de cette terre grasse n'accompagne pas la brochure; il fallait pour le consulter se rendre chez Descloseaux lui-même.

La *liste* n'en est pas moins éloquente : j'y compte treize cent quarante-trois décapités, et parmi ces derniers on relève ces noms :

Louis XVI, Marie-Antoinette, Collenot d'Angremont, qui a étrenné ledit cimetière ; Philippe-Egalité ; les vingt et un Girondins; Custine, Bailly, dont le corps sans tête fut apporté du Champ de Mars; Mme Rolland, Barnave, Luckner, la comtesse de Lauragais, dame d'Arlay; Fabre d'Eglantine, l'auteur de : *Il pleut, il pleut, bergère;* le fougueux Danton; Camille Desmoulins et sa bien-aimée Lucile ; Hérault de Séchelles; les vingt-six présidents et conseillers du Parlement de Toulouse; Lamoignon de Malesherbes, défenseur de Louis XVI, et sa fille, Mme de Rosambo; la duchesse de Choiseul; les vierges de Verdun; les de La Tour du Pin; tous les fermiers généraux, parmi lesquels l'immortel Lavoisier, etc... Oui... ce coin de terre de la rue d'Anjou-Saint-Honoré a été engraissé par ces illustres dépouilles. Il est vrai qu'il y eut aussi le corps immonde de la Dubarry, celui de son valet de chambre Morin, celui du père Duchesne, celui de sa digne épouse !...

L'on comprend que dans d'aussi épouvantables orgies de sang humain le bourreau ait eu une belle place au soleil.

Charles-Henri Sanson, IV° du nom et de la profession (né le 15 février 1739, et mort le 4 juillet 1806), voulut, lui aussi, jouir des droits de citoyen actif, que, dans la séance du 23 décembre 1789, l'abbé Maury contestait à ces agents de dame guillotine. On a de maître Sanson un mémoire libellé par l'avocat Maton de La Varennes, qu'il adressa à cet effet à l'Assemblée constituante (1). C'est une histoire complète de la bourreaucratie, et messieurs les bourreaux, depuis Richard Borel, qui possédait le fief de Bellencombre (1260), et qui avait charge de faire pendre les voleurs du canton, jusqu'à Jacques Ganier, exécuteur de Reims, Joseph Doublot, exécuteur de Blois, Ferey et Jouenne, exécuteurs de Rouen, etc., y trouvent leur biographie. L'Assemblée nationale avait décrété :

Il ne pourra être opposé à l'éligibilité d'aucun citoyen d'autres motifs d'exclusion que ceux qui résultent des droits constitutionnels.

Charles-Henri Sanson demande qu'on y ajoute :

L'Assemblée nationale déclare qu'elle comprend les exécuteurs des jugements criminels dans le nombre des citoyens. ·

Si l'Assemblée nationale n'a pas répondu favorablement à cette pétition du tueur d'hommes, en vérité elle y a mis de la mauvaise volonté, et l'on ne conçoit pas comment elle n'a pas été attendrie par cette prose :

« Ce n'est point un mémoire judiciaire qu'on va lire; ce sont les justes plaintes d'une
« portion d'hommes qu'un préjugé aveugle marque au sceau de l'infamie, et qui ne vivent
« que pour souffrir les humiliations, la honte et l'opprobre, dont le crime seul doit être cou-
« vert; ce sont les doléances d'hommes malheureusement utiles et nécessaires, qui viennent
« pleurer aux yeux des pères de la patrie sur l'injustice de leurs concitoyens et réclamer les
« droits imprescriptibles qu'ils tiennent de la nature et de la loi ; ce sont, enfin, leurs très-
« respectueuses remontrances à l'auguste Assemblée des représentants de la Nation, à qui ils
« demandent une interprétation nécessaire de leur décret du 24 décembre dernier... Il s'agit
« de savoir si les exécuteurs sont éligibles aux places des communes, s'ils ont voix, consul-
« tations et délibérations dans les assemblées; si, enfin, ils ont un état civil... Les exécuteurs
« exercent leur état à titre d'office; ils le tiennent directement du roi; leurs provisions sont
« scellées du grand sceau; elles ne s'obtiennent que sur un bon et loyal rapport de la per-
« sonne des impétrants. »

Après tout, Charles-Henri Sanson avait bien le droit de revendiquer son titre de citoyen. Non-seulement il était l'auteur de l'ouvrage : *Les monopoleurs démasqués* ; mais, de plus, il était enregistré dans la garde nationale de son district, celui de la rue Neuve-Saint-Jean, faubourg

---

(1) *Mémoire à nos seigneurs de l'Assemblée nationale pour Charles-Henri Sanson, exécuteur des jugements criminels de la ville, prévôté et vicomté de Paris; Louis-Cyr-Charlemagne Sanson, exé-cuteur de la prévôté de l'hôtel du roi, et leurs confrères dans les différentes villes du royaume.* Paris, février 1790, in-8°, 2e édition, revue, 34 pages.

Saint-Martin, dans laquelle il avait établi ses pénates. A preuve cette carte qu'il montrait à tout venant :

MILICE BOURGEOISE PARISIENNE,

DISTRICT DES FILLES-DIEU.

Le porteur d'une épée, un fusil et des pistolets, M. Sanson, est citoyen du quartier, enregistré. Les patrouilles sont priées de le laisser passer librement, armé ou non armé.

Signé : LEVASSEUR, capitaine trésorier ;

CELLERIER, secrétaire du Comité.

(Au bas est le cachet du district.)

IX

OU IL S'AGIT DE SAVOIR SI UN GUILLOTINÉ, APRÈS QUE LA TÊTE A ÉTÉ SÉPARÉE DU TRONC,
SAIT QU'IL A ÉTÉ GUILLOTINÉ.

Dans le courant de l'année 1793, c'est-à-dire à l'époque la plus affreuse de la révolution,
un jeune médecin allemand, du nom de Œsler, parcourant la Suisse, avait la bonne fortune de
posséder pour compagnon de voyage le célèbre Sœmmering, un des anatomistes les plus habiles
et les plus laborieux de la Germanie, un des créateurs de l'anatomie chirurgicale. La France
était souvent, comme bien on pense, le sujet de la conversation. On vint à parler de la terreur
et de ses excès, de sa fureur, et de la machine à décapiter de Guillotin.

— Savez-vous bien, dit Sœmmering à son jeune ami, qu'il n'est pas du tout certain que
dans une tête séparée du corps par la guillotine le *sentiment*, la *personnalité*, le *moi* soient
abolis instantanément, et que le malheureux décapité ne ressente pas l'*arrière-douleur* dont
le cou est affecté...

— Comment ! cher maître, répond Œsler, vous pensez que dans cette tête qui roule sur
l'échafaud ou qui tombe dans le panier il reste encore de la sensibilité;.. que le *moi* n'est pas
immédiatement, instantanément anéanti.... ; que le guillotiné a, pendant quelques secondes,
la conscience de sa position....; qu'il souffre dans son cou tranché par le couteau !... Mais ce
serait horrible cela si c'était vrai !...

— C'est pourtant ma conviction bien arrêtée. Ne savez-vous pas que le siége du sentiment
et de son appréciation est dans le cerveau ; que les opérations de cette conscience peuvent se
faire, quoique la circulation du sang par le cerveau soit suspendue, ou faible, ou partielle...?
Le siége de la faculté de sentir est dans le cerveau. Donc, aussi longtemps que le cerveau
conserve sa force vitale, le supplicié a la conscience de son existence. Rappelez-vous donc
que Haller affirme qu'une tête ayant été enlevée de dessus les épaules d'un homme, cette tête
a grimacé horriblement lorsqu'un chirurgien qui était présent à l'exécution fourra le doigt
dans le canal rachidien... Weikard, un de nos plus célèbres compatriotes, n'a-t-il pas vu se
mouvoir les lèvres d'un homme dont la tête venait d'être abattue...? Et Leveling ne rapporte-
t-il pas avoir fait lui-même, sur le lieu du supplice, l'expérience d'irriter la partie de la moelle
épinière qui était restée attachée à la tête après la séparation. et n'assure-t-il pas que les
convulsions de cette tête ont été horribles...? D'ailleurs, des personnes dignes de foi m'ont
assuré avoir vu grincer les dents après que la tête était séparée du tronc; et je suis convaincu
que si l'air circulait encore régulièrement par les organes de la voix qui n'auraient pas été
détruits, ces têtes parleraient.

— Vous m'étonnez singulièrement, cher maître, fit Œsler... Je n'avais pas songé à tous ces
faits que vous me rappelez... vous pouvez bien avoir raison.... Mais alors la guillotine est un
horrible supplice... ! Il faudrait en revenir à la pendaison... Dites-moi, cher maître, voudriez-

vous, à votre retour chez vous, condenser votre manière de voir à ce sujet dans une lettre que vous m'adresseriez... ? Je me charge de la faire publier en France, où votre nom est vénéré, et où vos beaux travaux vous ont acquis une grande réputation...

— Très-volontiers, mon jeune ami, vous aurez cette lettre, et je vous autorise à en faire l'usage qu'il vous plaira.

Les deux voyageurs se séparèrent, et, deux ans après, le 9 novembre 1795, le *Moniteur* insérait une lettre du célèbre anatomiste, et qui porte cette date : Francfort, 20 mai 1793 (1).

Elle eut un immense retentissement. Les familles des malheureuses victimes ne pouvaient songer sans épouvante que leurs pères, leurs mères, leurs parents, après avoir souffert toutes les tortures morales d'une condamnation à mort, avaient encore souffert matériellement dans le supplice de la décapitation, et que peut-être leur conscience avait survécu, ne fût-ce qu'une fraction de seconde, à la séparation de la tête.

Le moment était, on en conviendra, admirablement choisi pour que les singulières vues exprimées par un homme de la valeur du médecin allemand produisissent un véritable coup de théâtre.

Ce n'est pas pourtant qu'elles fussent absolument neuves, et qu'en cherchant bien on n'en trouvât pas des traces dans des temps plus éloignés. J'ai vu et lu une thèse sur le même sujet, écrite par un étudiant en chirurgie, un élève de l'hôpital de la Charité de Paris. Il se nommait Pierre Gautier. Lui aussi barbouilla du papier sur cette question : *La tête d'un décollé conserve-t-elle, plusieurs instants après sa décollation du tronc, la faculté de sentir ?* (2).

Et il conclut ainsi :

« Je crois qu'une tête décollée conserve encore pendant plusieurs instants la faculté de sentir et de penser. »

Si Pierre Gautiér a pu, en 1776, émettre une telle opinion, alors qu'il ne pouvait s'agir que de la décollation par l'épée, le sabre ou la hache, il n'est pas étonnant que, en 1793, la même erreur ait eu cours, quand la merveilleuse machine à décapiter enlevait les têtes comme par un coup de foudre, sans donner le temps (pensait-on) à la conscience, au sentiment, au moi, de quitter instantanément la tête, leur logement habituel.

Le croirait-on? Il s'est trouvé un homme extrêmement distingué, d'un savoir immense, professeur de botanique, qui prit en main la défense de l'opinion de Sœmmering. J'ai nommé Pierre Sue, bibliothécaire de l'Ecole de Paris, connu par des ouvrages nombreux justement estimés.

Pierre Sue, après des réflexions spécieuses qu'il est inutile de rappeler ici, n'hésite pas à déclarer que, selon lui, dans cette tête séparée du corps et qui grimace horriblement dans son bain de son, « *la puissance pensante entend, voit, sent et juge.* » Et, comme bouquet, il signe ces lignes :

(1) Cette lettre se trouve dans le *Moniteur* (an IV, nº 48) et elle a été reproduite dans les *Mémoires de la Société d'émulation* (an VI, t. I, page 266).
(2) Paris, 1776, in-12 de 15 pages. A la fin de ce petit livret, on lit ceci : « Permis d'imprimer, 8 décembre 1776. — DE SARTINES. »

« ..... Si, par une supposition, on avait pu, avant l'égorgement de ces malheureux, con-
« venir avec quelques amis des mouvements que dirigerait après l'exécution leur conscience,
« par leurs paupières, leurs yeux ou leurs mâchoires, ne fût-ce que pour désigner, par ces
« mouvements convenus, s'ils avaient la conscience de leur supplice, ne doutons nullement
« que, par amour pour l'humanité, ils n'eussent consenti à faire cette triste expérience à l'avan-
« tage de leurs semblables... Bailly, Malesherbes, Roland, Corday, auraient été capables
« d'un tel héroïsme (1)... »

Eh bien, illustre Sue, votre *impossible* est devenu une *réalité* ; la *convention* que vous ne
faites que supposer a eu lieu... Il s'est trouvé un homme qui, le couperet au-dessus de sa
tête, les mains liées au dos, et n'ayant pour confident qu'un personnage mystérieux caché
dans la foule immense, était *convenu* avec un médecin de cligner de l'œil lorsque sa tête serait
tombée. L'expérience a été poursuivie jusqu'au bout... pas pourtant jusqu'au clignement, car
l'expérimentateur a fait un four complet (2).

Mais les idées extraordinaires et peu scientifiques lancées à l'aveuglette dans le monde par
Sœmmering et Sue se sont heurtées, dès leur origine, contre des hommes de sens qui les
ont combattues avec vigueur. J.-B. Léveillé (3), George Wedekind (4), Le Pelletier (5), René-
George Gastelier (6), médecin de l'hospice de Sens, ancien représentant du peuple, et qui
avait vu la guillotine de près ; Cabanis, l'illustre auteur du *Traité du moral et du physique de
l'homme* et d'autres, prenant en main le drapeau de la vraie science, ont brisé ce fantôme
de « l'arrière-douleur » perçue par les décapités.

(1) Cette dissertation de Sue se trouve dans le *Magasin encyclopédique*, t. IV, p. 154 ; elle a été
publiée aussi à part (in-8° de 16 pages). Enfin Sue en a enrichi ses *Recherches physiques et expériences
sur la vitalité*, Paris, an VI (1797), chez l'auteur, rue Neuve-du-Luxembourg, 160. In-8°, trois éditions,
an XI (1803).

(2) Voir, UNION MÉDICALE (1862), la lettre que M. le docteur Mougeot, de Bar-sur-Aube, écrivait, relativement à Lacenaire, au rédacteur en chef de ce journal.

(3) *Mémoires de la Société médicale d'émulation*, t. I, année 1795.

(4) *Moniteur*, 11 novembre 1795.

(5) *Moniteur*, 15 novembre 1795.

(6) Brochure in-8° de 20 pages, an IV.

X

Oui !... à bas l'infâme maiden !... il est temps que l'on brûle le dernier haillon de cette horrible mégère !... La philosophie, la morale, l'intérêt même de la société demandent que l'on en finisse pour tout de bon avec la peine de mort... Rien ne justifie ce genre d'expiation, dernier vestige d'une barbarie indigne de l'âge où est arrivée l'humanité. Déjà quelques nations de l'Europe l'ont proscrite de leurs codes... honneur à elles !... Elles ont donné un noble exemple qui ne peut manquer d'être suivi... Qu'attend-on, en effet, mon Dieu ? Est-ce la crainte que les attentats contre les personnes augmentent ?... Mais les statistiques sont là qui démontrent, sans réplique possible, que là où la vie humaine a été respectée, même chez ceux qui en étaient le plus indignes, les assassinats, loin d'augmenter, ont au contraire diminué... Est-ce cette vieille et délabrée croyance que l'exemple est nécessaire pour arrêter les natures perverses et révoltées contre la société ?... Mais l'expérience a été faite ; elle dure depuis des siècles, et l'on peut assurer sans crainte que le nombre des crimes a été en proportion de la cruauté des supplices.

D'ailleurs, les gouvernements le savent bien ; et, tout en n'ayant pas le courage ou le bon sens de donner au bourreau son compte définitif, ils s'arrangent pour que cet instrument aveugle et passif de la loi remplisse son mandat dans l'ombre, en cachette... comme le crime dont la société se venge.

Vous invoquez la nécessité de l'exemple !... allons donc !... Vous faites tout ce qui est nécessaire pour le rendre nul !... Vous tenez sous les verrous le condamné à mort pendant quarante jours, limite extrême, je crois, entre la condamnation et l'exécution ; vous faites tout votre possible pour que le malheureux signe un pourvoi, pour que la clémence du pays l'effleure de son souffle tutélaire... Puis, lorsque tout cela a été épuisé en vain, et que le dernier acte de ce drame infâme doit être joué, vous faites entrer dans la cellule du condamné monsieur de Paris, de Rouen ou de Beauvais. On coupe les cheveux de cette tête qui va tout à l'heure rouler sur une plate-forme rouge ; on lui fait une *toilette* à ce cadavre vivant ; on lui rabat sur les épaules son col de chemise... Pensez donc !... si le couperet allait s'ébrécher sur cette toile de lin !... Il est six heures du matin ; la créature humaine, les mains liées au dos, la longueur de ses pas réglementée par des entraves, sort de sa prison ; on la pousse doucement... doucement... ; l'échafaud est là, tout près ;... le condamné a pu, dans la nuit, entendre les charpentiers monter la machine... Il gravit quelques marches raides et glissantes... Une minute après, on entend : Paf !... Des jets de sang jaillissent en formant une arcade... Tout est fini !..

Ah !... vous êtes expéditifs !... Quelle différence, bon Dieu ! avec ce qui se passait autrefois en pareille occurrence !... Comme nos pères étaient plus sages pour sauvegarder ce grand principe de la nécessité de l'exemple !... Car, loin d'escamoter, comme vous le faites, un condamné, ils avaient soin, eux, de l'expédier au grand soleil, en plein midi, un jour de marché, sur la principale place publique de l'endroit, devant une foule énorme, attirée là soit par ses affaires, soit par la curiosité... Ils faisaient connaître d'avance, par les feuilles publiques, par des affiches, par les crieurs, par le son du tambour, le jour, l'heure exacts de la grande expiation... Ils étaient logiques ;... car, enfin, puisqu'ils voulaient l'exemple, ils devaient vouloir aussi une galerie serrée, compacte... Le condamné, mené à pied ou dans une charrette, de la prison à l'échafaud, traversait lentement toute la ville.

Mais... tiens ! vous êtes-vous dit : malgré toutes nos précautions, les crimes continuent à nous donner de la besogne... Après tout, il ne faut peut-être pas habituer le peuple à la vue du sang ; cela le rend cruel, ou au moins indifférent : ses rires, ses plaisanteries ignobles, les chansons abominables qu'il beugle au pied de la maiden ne prouvent pas absolument une grande sensibilité ou une grande crainte.

Aussitôt dit, aussitôt fait.... A Paris, par exemple, la place de Grève, l'heure de midi, le jour de fête, ont été abandonnés.... On a choisi la barrière Saint-Jacques pour lieu des exploits des Sanson modernes.... On a pris le condamné à cinq heures du matin.... ; on l'a fourré dans un fiacre.... Et fouette, cocher... On l'expédie à une demi-lieue de là....

Puis, cette demi-lieue a encore paru trop longue.... Pourquoi a-t-on imaginé ne pas se débarrasser de nos criminels à la porte même de la prison de la Roquette entre deux rangs d'acacias.... Nous n'aurions pas l'ennui du fiacre.... Enfin....

Ah ! on en est là à cette heure. Peu à peu on est arrivé de la place de Grève à la susdite allée d'acacias.... On entrera bientôt dans la prison.... On y coupera la tête des condamnés sans aucune espèce de galerie, cette fois....

Et, dans un avenir peut-être peu éloigné, je suis convaincu qu'on n'en coupera plus du tout.

Ainsi le veulent les progrès, la maturité de l'humanité. On a déjà fait un pas immense dans cette voie ; le champ dans lequel se mouvait l'admission des circonstances atténuantes s'est considérablement agrandi, et le rapport du nombre de ces circonstances atténuantes à celui des condamnations s'élève à tel point que si, en 1833, il n'était que de 57 p. 100, en 1851 il avait atteint 67 p. 100, et en 1864 85 p. 100. Le jury, qui ne doit, d'après la loi, se prononcer que sur une simple question de culpabilité ou de non-culpabilité, sans s'inquiéter du genre de pénalité qui suivra sa sanction, hésite à glisser dans l'urne un bulletin noir lorsque, sous ce bulletin, il aperçoit le tranchant de l'instrument de mort. Il se trouve ainsi cruellement comprimé entre sa conscience et l'horreur que lui inspire la destruction de son semblable. Pourquoi le laisser dans cette cruelle alternative ? Pourquoi le maintien d'une loi qui a grande chance d'être ainsi à chaque instant éludée ? Pourquoi ne pas marcher sur les traces de Florence, de Neuchâtel, de Fribourg, du Portugal, de plusieurs Etats de l'Amérique qui ont brûlé leurs échafauds, et qui se trouvent bien de cet hommage rendu à la philosophie et à la morale ? La question n'est pas de savoir si la peine de mort est *légitime* ; si, en d'autres termes, la société a le droit de retrancher du nombre de ses membres celui qui lui a porté préjudice ; mais on se demande si elle est *nécessaire*. Eh bien ! limitée à ce point de vue, le seul réellement pratique, et qui abandonne volontiers les arguties d'une philosophie qui n'est pas sûre d'elle-même, cette question de la peine de mort est résolue ; une expérience trop chèrement acquise, l'observation attentive de ce qui s'observe autour de nous démontrent que pendre les assassins n'a pas empêché les assassinats, et que les crimes contre les personnes sont, on peut le dire, en raison inverse de la cruauté des pénalités. Je m'inquiète peu des raisons émises pour le maintien de la peine de mort par Montesquieu, J.-J. Rousseau, de Broglie et d'autres hommes illustres ; la société a marché depuis eux ; les mœurs se sont considérablement adoucies ; ce qu'ils ont pensé autrefois, je gagerais bien qu'ils ne le penseraient plus aujourd'hui, et que, devant cette diffusion de l'éducation et de l'instruction, ils crieraient avec nous :

A bas ! A bas la guillotine ! Et que bien vite on force messieurs les guillotineurs à prendre, faute de pratiques, un autre état !

PARIS. — Typographie FÉLIX MALTESTE et Cᵉ, rue des Deux-Portes-Saint-Sauveur, 22.

www.ingramcontent.com/pod-product-compliance
Lightning Source LLC
Chambersburg PA
CBHW060806180626

46818CB00002B/713